쌍룡기

장담 신무협 장편소설
ORIENTAL FANTASY STORY & ADVENTURE
⑪

dream books
드림북스

쌍룡기 11
쌍룡위진(雙龍威震)

초판 1쇄 인쇄 / 2010년 10월 8일
초판 1쇄 발행 / 2010년 10월 18일

지은이 / 장담

발행인 / 오영배
편집장 / 김경인
편집 / 윤대호, 신동철
펴낸 곳 / (주)삼양출판사 · 드림북스

주소 / 서울특별시 강북구 송천동 322-10호
대표 전화 / 02-980-2112 팩스 / 02-983-0660
편집부 전화 / 02-980-2116 팩스 / 02-983-8201
블로그 / blog.naver.com/dreambookss

등록번호 / 제9-00046호
등록일자 / 1999년 3월 11일

ⓒ 장담, 2010

값 8,000원

(주)삼양출판사 · 드림북스의 서면 허락 없이는 어떠한
형태나 수단으로도 이 책의 내용을 이용하지 못합니다.

ISBN 978-89-542-4009-3   04810
ISBN 978-89-542-3679-9   (세트)

* 지은이와 협의하에 인지는 생략합니다.
* 잘못된 책은 구입한 곳에서 바꾸어 드립니다.

목차

제1장   마음이 흐르는 대로   007
제2장   그가 가장 두려워하는 사람은……   035
제3장   하늘도 땅도 붉게 물들고……   071
제4장   청룡안(靑龍眼)과 홍학령(紅鶴鈴)   105
제5장   잔파도가 거대한 사구(砂丘)를 무너뜨리듯   131
제6장   더 이상 물러설 곳도 없다   161
제7장   백척간두(百尺竿頭)   197
제8장   제자여, 지옥(地獄)을 품어라!   231
제9장   꿈결의 한마디가 다 된 밥에 재를……   273
제10장   여자의 변화에는 이유가 있다   293

제1장
마음이 흐르는 대로

1.

 사도무영은 자신의 생각을 굳이 입 밖으로 내뱉지 않았다.
 어차피 구천신교와 싸우려면 정천맹과 보조를 맞출 수밖에 없는데, 그 이야기를 해봐야 사기만 떨어지고 갈등만 불거질 테니까.
 '훗, 멍청하긴.'
 제갈현종은 글 말미에, 맹주의 마음을 이해하고 천하의 안녕을 위해 힘을 써달라고 했다. 정천맹의 뜻을 떠나 제갈세가의 사람으로서 은혜를 잊지 않을 거라며.
 '그 말만으로도 깨달았어야 하는데……'
 차라리 확실하게 알고 나니 마음이 편했다.

'원래부터 그런 자들이잖아. 그들에게 뭘 더 바라는 거야?'
그런 마음마저 들었다.
 '마음이 흐르는 대로 하자.'
 사도무영의 눈빛이 잔잔해졌다.
 그는 더 이상 고민하지 않기로 했다.
 이제 와서 하네, 못 하네 따지며 다투어 봐야 구천신교만 좋아질 일이다. 그러니 자신은 자신대로 최선을 다하면 된다. 고민할 필요도, 이유도 없다.
 물론 자신이 남쪽으로 간 사이 일이 벌어지면 더 많은 피가 흐를지 모른다. 그러지 않길 바라지만, 그리 돼도 어쩔 수 없는 일이다. 하늘이 그걸 원한다면.
 '그대들 뜻대로 되기를 진심으로 바란다. 하지만 설령 잘못되더라도 하늘을 원망하지 마시길. 그대들이 스스로 자초한 일이니까.'
 결정을 내린 그는 무심하게 가라앉은 눈으로 사람들을 둘러보았다. 사람들이 모두 그의 입을 주시하고 있었다.
 "원시천존……."
 소명진인이 착잡한 표정으로 도호를 외며 눈을 내리깔았다. 그도 정천맹의 뜻을 짐작한 것이다.
 사도무영은 소명진인에게서 시선을 멈추고 무심한 어조로 말했다.
 "무당은 무당 뜻에 맡기겠습니다. 굳이 저희와 함께 움직이지 않으셔도 됩니다."

 정천맹에 합류해도 상관치 않겠다는 말.

 소명진인은 쓴웃음을 지으며 고개를 저었다.

 "아니네. 우리 무당은 이미 자네와 한 배에 탄 운명이라네. 어디까지 갈지 몰라도 자네와 함께 움직이겠네."

 사도무영은 소명진인에게 고맙다는 말을 하지 않았다. 그것 역시 무당파가 선택한 길일 뿐이었다.

 "좋습니다. 그럼 제갈세가에 있는 자들을 먼저 치고 역으로 올라오도록 하지요."

 역으로 올라오는 것은, 비상상황이 발생하면 시간을 아끼기 위함이었다. 제갈세가를 치던 중에 비상상황이 발생하면 그만큼 늦어질 테니까.

 "구양 대협은 백화곡으로 보내고, 해가 지면 출발하도록 하겠습니다. 만소개 형은 사람을 보내서 한수를 건널 배를 미리 확보해 놓으시오. 내일 묘시에 동현에서 만날 수 있도록 하고."

 "알겠습니다."

 "그리고 만소개 형은 남양으로 가서, 그곳의 상황이 수상하다 싶으면 내 연락이 없어도 즉시 복우산 쪽에 소식을 전하도록 하시오."

 "놈들이 움직일까 봐 그러십니까?"

 "아니길 바라지만, 그럴 가능성이 더 크오."

"알겠습니다."

그런데 만소개가 머뭇거리더니 전음으로 물었다.

『저기……, 사도 형을 남쪽으로 내려 보내는 게 혹시 딴 이유가 있어서 그런 것 아닙니까?』

눈칫밥으로 살아가는 개방의 거지답게 눈치는 빨랐다.

사도무영은 자신의 생각을 솔직하게 말해 주었다.

『확실치는 않지만 그런 것 같소.』

"제길, 어쩐지……. 진짜 밥맛 떨어지는 놈들이라니까……."

만소개는 중얼중얼 투덜거리고는 자리에서 일어나 밖으로 뛰어나갔다.

사도무영은 고개를 돌려 한상을 바라보았다.

"풍운보 주위에 있는 쥐새끼가 모두 몇 마리입니까?"

한상이 기다렸다는 듯 말했다.

"모두 다섯 놈이네. 제법 날렵한 놈들이더군. 그래봐야 부처 손 안의 오공이지만. 클클클, 잡을까?"

그는 비천령의 정요가 이끄는 조원들을 모두 파악하고 있었다. 심지어 정요와는 술도 한 잔 나눈 사이였다.

정요가 한상을 풍운보의 말단 무사로 알고 정보를 빼내기 위해 접근했던 것이다.

한상은 자신을 이용하려 한 정요의 머리를 예쁘게 자른 다음, 몇 가지 비밀을 가르쳐 줄 생각이었다.

잘라진 머리는 구천신교에 정보를 전하지 못할 테니까.

"내가 한 대협과 함께 처리하지."

장막심이 한상과 함께 그 일을 처리하겠다며 나섰다.

그는 요즘 들어서 한상의 변용 재주에 흥미를 느끼고 있었다. 배워놓으면 굶어죽지는 않을 것 같았다. 여자를 사귀는 데 도움이 될 것도 같고.

그러자 당연하다는 듯 양류한도 나섰다.

"같이 갑시다."

그는 장막심이 영 못미더웠다. 혼자 보내면 꼭 무슨 일이 터질 것 같았다.

사도무영도 솔직히 그런 마음이 없지 않았다. 하기에 장막심이 뭐라고 하기 전에 결정을 내렸다.

"좋습니다. 그럼 세 분이 그들을 처리하십시오. 놓치면 안 된다는 점 명심하고, 철저히 처리하셔야 합니다."

2.

미시 말.

신야의 구석진 주점에서 술친구를 만난 한상은 술잔을 목구멍 안으로 단숨에 털어 넣었다.

"캬, 술맛 좋군."

그의 앞에 앉아 있던 장한이 그 모습을 보고 웃음을 터트렸다.

"하하하, 정말 술을 맛있게 드시는군요."

"술이란 자고로 즐기면서 먹어야 하지. 어떤 놈들은 울상을 지으면서 먹는데, 그런 놈들은 술맛을 제대로 모르는 놈들이야."

한상은 일장 연설을 하고 장한을 바라보았다.

한상의 얼굴은 둥글지 않았다. 둥글기는커녕 말대가리처럼 길쭉했다. 거기다 콧등이 붉어서 술 취한 말처럼 보였다. 누가 봐도 평범한 말단 무사, 딱 그 정도였다.

눈이 마주치자 장한이 넌지시 물었다.

"요즘 풍운보에 있는 분들이 바쁜 모양입니다."

"위에서 명령이 내려온 모양이네. 곧 움직일 모양이야."

"그래요?"

"우리 같은 말단은 바빠져 봐야 좋을 게 없는데……."

"말단무사까지 전부 움직이는 모양이죠?"

"그럴 것 같아."

"어디를 가는데……?"

"자네는 알 것 없네."

"하하, 그래도 술친구가 어디 가는지 정도는 알아야 하지 않겠습니까? 그래야 나중에 또 만나지요."

"나중이라……, 나도 그랬으면 좋겠는데, 어려울 것 같군. 좌우간 그동안 술 사줘서 고마웠네. 이제 그만 가보게."

"지금 들어가실 겁니까? 한 잔 더하고 가시지……."

"나 말고, 자네 말이야."
"예?"
"동료들이 먼저 갔으니 자네도 가야지."
"그게 무슨 말……?"
그에 대한 대답은 뒤에서 들려왔다.
"쥐새끼 네 마리를 지옥으로 보냈지. 경쟁하듯이 서로 달려가더군. 당신도 어서 가 봐."
"내가 보내준 놈들은 별 고통을 느끼지 않았을 거야. 나는 누구처럼 무식하게 검을 쓰지 않거든."
쾅!
정요는 탁자를 밀치며 번개처럼 몸을 뒤로 뺐다.
그러나 눈을 번뜩이며 기다리던 장막심의 검을 피할 수 있을 정도로 빠르지는 않았다.
그가 탁자에서 벗어나기도 전에 묵직한 감촉이 그의 어깨를 파고들었다.
"큭!"
신음을 흘린 그는 이를 악물고 몸을 틀었다.
우드득.
커다란 검이 어깨 깊숙이 박힌 상황에서 몸을 틀다 보니 뼈가 으스러졌다. 하지만 그는 조금도 망설이지 않고 바닥을 박찼다.
"지독한 자군!"

양류한의 냉랭한 목소리와 함께 한줄기 검광이 그의 옆구리를 스치며 살을 갈랐다.

정요는 뇌리가 하얗게 타들어가는 와중에도 그곳을 벗어나기 위해 움직임을 멈추지 않았다.

장막심이 그 모습을 보고 소리쳤다.

"뭐 저런 자식이 있어? 양가야, 잡아!"

한상도 벌떡 일어나서 두 사람을 다그쳤다.

"놓치면 안 되네!"

정요는 피를 분수처럼 뿜어내면서 악착같이 창문을 향해 몸을 날렸다.

'비천사 어른께 알려야 돼!'

그때였다. 서늘한 아침 햇살 같은 광채가 창문 바깥에서 쏟아져 들어오더니 정요를 스치고 지나갔다.

스걱!

"흡!"

눈을 부릅뜬 정요는 창문을 빠져나가지도 못한 채 바닥을 굴렀다. 그가 바닥을 구를 때마다 심장에서 뿜어진 피가 바닥을 붉게 물들였다.

그 사이 섭장천이 창문을 넘어 안으로 들어왔다.

"혹시라도 도망가는 놈이 있으면 처리하려고 왔는데, 헛걸음 한 것 같지는 않군."

장막심이 섭장천을 쏘아보며 퉁퉁거렸다.

"너 아니어도 충분히 처리할 수 있었다구."
"누가 뭐랬나?"
섭장천은 담담히 답하며 검을 집어넣었다.
그 사이 일어서 있던 한상이 한 손만으로 바닥을 기는 정요에게 다가갔다. 그는 정요를 살펴보더니 고개를 저었다. 정요의 심장은 정확히 두 쪽으로 갈라져서 대라신선이 온다 해도 살릴 수 없는 상태였다.
"아쉽군, 좀 더 깊은 대화를 나눠보고 싶었는데."
그래도 놓치지 않은 것은 다행이었다. 하마터면 일생일대의 오점을 남길 뻔 했거늘.
고개를 숙인 그는 자신과 약속한 대로, 죽은 정요에게 중요한 사실을 알려주었다.
"어디로 가냐고 했지? 우리는 남쪽으로 갈 거네. 그리고 내 이름은 한무가 아니라 한상이네. 들어봤을지 모르겠군."
그리고 정요의 머리를 자를까 말까 잠시 고민하다가 그냥 일어났다.
'나도 이제 순하게 살아야지.'

3.

어둠의 장막이 온 세상을 뒤덮은 직후. 풍운보에서 수백의 그림자가 쏟아져 나왔다.

그들은 바람을 등지고 곧장 서남쪽으로 향했다. 삼백이 넘는 인원이 움직이는데도 발자국소리가 거의 들리지 않았다.

사도무영은 한상을 앞세워서 그들이 지나갈 길을 철저히 조사했다.

한상은 일대의 지리를 손금처럼 꿰고 있었다. 그는 장막심과 양류한을 끌고 오 리를 앞서가며 수상한 자들이 있는지 철저하게 살펴보았다.

그가 사도무영이 시키는 일에 일체의 불만도 표하지 않는 것은 그만한 이유가 있기 때문이었다.

석 달만 도와주면 황금 백 냥을 준다고 했다. 평생 호의호식하며 지낼 수 있는 돈을 석 달 만에 벌 수 있거늘, 마다할 한상이 아니었다.

또한 사도무영의 계획이 성공하면, 더 이상 음지에서 살지 않아도 되었다.

하지만 무엇보다, 오랜만에 현역에서 뛰어보니 피가 끓었다. 이런 재미를 언제 느껴봤는지 까마득했다.

그는 이제 사도무영이 쫓아낸다고 해도 뒤를 따라다닐 작정이었다. 위기가 닥칠지도 모르지만, 그건 그때 가서 고민하면 되었다.

사도무영은 쉬는 시간을 최대한 줄이고 한수까지 강행군했다.

주시하던 눈을 제거했다 해도 적에게 자신들의 움직임이 알려지는 것은 시간문제일 뿐이다. 그들이 알기 전에 한 곳이라도 더 무너뜨려야 했다.

그래야만 흘려야 할 피가 줄어들 것이고, 동료들의 죽음이 줄어들 테니까.

강행군을 하는 목적은 그거면 충분했다.

사도무영 일행이 한수에 도착할 즈음, 어스름이 물러가고 날이 밝기 시작했다.

구름으로 인해 칙칙한 하늘, 습기가 가득한 바람. 금방이라도 비가 내릴 것 같은 날씨였다.

한수 가에 도착한 사도무영 일행은 숲속에 몸을 감추고서, 운기를 하며 배를 기다렸다.

강 위쪽에서 십여 척의 크고 작은 배가 떠내려 온 것은 어스름이 완전히 물러간 직후였다.

배들은 수심이 낮은 문제 때문에 강가에 바짝 다가오지 못하고 뭍에서 사오 장 떨어진 곳에 멈추었다.

사도무영 일행이 숲을 나가자 선두의 배에 타고 있던 중년 거지가 손을 들었다.

"여깁니다요!"

철검보 무사와 무당의 제자들이 먼저 신형을 날려 배에 내려섰다. 사람이 많이 타면서 밑창이 바닥에 닿자 배는 점점 강가에서 멀어졌다. 하지만 고수들에게 그 정도 거리쯤은 장애가 되지 못했다.

사공들은 무사들이 새처럼 날아서 배에 올라타는 것을 입을 쩍 벌린 채 구경했다.

잠깐 사이 사도무영 일행을 모두 태운 열세 척의 배는 한수를 비스듬히 내려갔다.

그때부터 하늘에서 이슬비가 내리기 시작했다.

그렇게 이슬비를 맞으며 십 리를 내려간 배가 반대편에 당도하자, 사도무영 일행은 배에서 내려 남쪽으로 달려갔다.

한 시진 후.

능선 위에 선 사도무영 일행은 저 멀리, 흐릿한 비안개에 가려진 제갈세가를 바라다보았다.

이슬비처럼 내리던 비가 조금씩 굵어졌다.

잠시 후면 살인을 해야 하는 상황. 왠지 모를 음울함에 모두 입을 다물었다.

이미 오면서 계획은 모두 수립된 상태. 사도무영은 앞으로 한 걸음 내딛으며 무심한 어조로 말했다.

"비가 더 굵어지기 전에 최대한 빨리 마무리 짓지요. 갑시다."

삼백이 넘는 사도무영 일행은 부챗살처럼 퍼지면서 능선을 내려갔다.

그 직후, 순찰을 돌던 무사들이 사도무영 일행을 발견하고 소리쳤다.

"적이다!"

"적이 쳐들어온다! 비상, 비상!"

빗속에서 순찰무사들의 악쓰는 소리가 울려 퍼졌다.

하지만 이미 제갈세가가 방어에 좋은 지형이란 걸 알고 작전을 짠 터였다. 절대고수들이 앞장서서 날아가며 순식간에 순찰무사들을 제거했다.

그리고 곧이어 철검보 무사와 무당제자들이 그들의 시신을 지나쳐 담장 위로 날아올랐다.

안쪽에서도 순찰무사의 외침을 들은 자들이 튀어나왔다.

"웬 놈들이……, 헉!"

"적이 쳐들어왔다! 막아!"

제갈세가에 머물고 있는 구천신교 무사들의 숫자는 대략 사백 정도. 하지만 비가 오는데다가 순찰무사들이 워낙 빨리 쓰러져서 막상 대응하기 위해 나온 자는 수십 명에 불과했다.

담장을 넘은 거대한 해일은 곧장 그들을 덮쳤다.

그때부터 붉은 혈우가 내리기 시작했다.

"무당파다! 헉! 저, 저 사람은……!"

"사, 사, 사영이다! 도망……! 컥!"

"으악!"

처절한 비명이 사방에서 들려오고, 겁에 질린 목소리가 비 내리는 날씨만큼이나 음울하게 울렸다.

"도, 도망가……!"

말 그대로 해일에 휩쓸린 모래성이 무너지는 듯했다.
구천신교 무사들은 제대로 된 저항도 못해보고 낫에 잘린 보릿대처럼 쓰러졌다.
병장기 부딪치는 소리! 비명! 고함!
혈우가 내린 제갈세가의 대지에 붉은 주단이 깔렸다.
일방적인 살육에 오죽하면 공격하던 무당제자들이 손을 주춤할 정도였다.
"무기를 버리면 살려준다! 무기를 버려라!"
사도무영의 목소리가 비 내리는 천공을 뚫고 제갈세가 곳곳에 울려 퍼졌다.
여기저기서 병장기 내던지는 소리가 들렸다.
"투항하겠습니다! 살려주십시오!"
"살려주십시오!"
공포에 질린 무사들은 무릎을 꿇고 겁에 질린 목소리로 소리쳤다.
그들의 행동에 사도무영의 표정이 묘하게 변했다.
사도무영은 옆을 바라보았다. 도담과 적도광이 손을 멈추고 이마를 찌푸린 채 서 있었다.
"어떻게 생각하시오?"
도담이 대답했다.

"이자들은 구천신교의 교도들이 아닙니다."
"그렇죠? 옷만 구천신교의 복장이고 말이오."
적도광도 곤혹스런 표정을 지으며 고개를 끄덕였다.
"구천신교 교도들 중에서도 목숨을 아끼는 자들이 있긴 하지만, 저렇게 비굴하게 굴지는 않습니다. 게다가 무공도 구천신교의 무공이 아닙니다."
그때 마침 수라단이 웅성거리며 다가왔다.
"이 자식들, 왜 항복하는 거야? 오랜만에 비 내리는 날 먼지 나도록 패보려고 했더니."
"호호호, 왜 이렇게 겁이 많아? 어디 옷 벗어봐. 달려있나 보게."
"없는 새끼는 싫은데."
"어디 너부터 벗어봐라, 교상. 달려있나 보자."
"조용해! 령주님이 심각한 생각을 하고 계시잖아!"
"여자 생각하는 걸까?"
"그럴지도 모르지. 화설 소저하고 입 맞춘 지 꽤 오래 되었으니까."
"소연이하고도 잠잔 지 꽤 되었고 말이야."
수군수군······.
사도무영이 그들을 향해 눈을 부라리는데, 사도관이 다가오며 물었다.
"화설 소저는 누구고, 소연이는 누구냐?"

'끄응…….'

사도무영은 수라단을 죽일 듯이 쓸어보고는 사도관에게 말했다.

"나중에 말해 줄게요."

"지금 말하면 안……. 험, 그래, 알았다. 뭐 너도 이제 여자를 알 나이가 됐지. 근데 밤을 함께 지내는 것은 아직 이르지……."

지금 그게 피바다가 된 곳에서 할 이야기인가?

하여간 주책은!

"아, 버, 지."

"커험! 어? 나민, 여기요!"

사도관은 휙 몸을 돌리더니, 나민이 있는 곳으로 스윽 날아갔다.

사도무영은 속으로 한숨을 내쉬며 미간을 찌푸렸다.

그 사이 일행의 중심인물들이 그가 있는 곳으로 다가왔다. 피해가 거의 없이 대승을 거둔 게 만족스러울 텐데도 붉게 변한 대지와 대기를 타고 흐르는 혈향에 표정들이 굳어 있었다.

"왜 그러는가?"

광효와 함께 다가온 공이대선사가 의아해하며 물었다.

사도무영은 자신의 생각을 말했다.

"아무래도 이상합니다. 이들에 대해서 알아봐야겠습니다."

일각 후.

사도무영 일행은 무당제자 백여 명만을 남겨놓고 제갈세가를 떠나 양번으로 향했다.

모두들 표정이 딱딱하게 굳은 상태였다.

투항한 자들 중 수장인 마령곡의 장로가 말했다.

"주요 고수들은 이틀 전부터 이미 남양으로 암암리에 이동하고, 남은 자들은 대부분 하급무사와 우리 마령곡 무사를 비롯한 중소 마도문파의 무사들입니다."

사도무영이 다급히 물었다.

"양양진은?"

"그곳도 마찬가지일 거요."

그렇다면 적 전력의 육 할 정도가 모였을 거라 생각했던 남양에 팔 할 이상이 모여 있단 말이 아닌가.

그런데 왜 정천맹을 공격하지 않았을까?

'북궁악. 그가 오길 기다렸던 거야. 좀 더 완벽하게, 피해를 최소화하며 정천맹에 치명타를 가하기 위해서.'

전에는 단순한 가정이었을 뿐이다. 설령 그게 사실이라 해도 그리 중요하지 않게 생각했다.

하지만 지금은 아니었다.

북궁악과 그가 이끄는 흑의인들이 얼마나 무서운 자들인지 아는 것이다. 그리고 자신들은 남쪽으로 내려와 있었다.

'대정천이 그들을 막아낼 수 있을까?'

좀 더 많은 피가 흐른다 해도 어쩔 수 없는 일이라 생각했다. 어차피 그걸 각오하고 자신들을 내려 보낸 것이 아니겠는가.

그런데 이들의 말대로라면 피해가 예상보다 훨씬 더 커질지도 모른다. 어쩌면 심각할 정도로.

그것은 바라는 바가 아니었다. 그리되면 정천맹 뿐만이 아니라 자신들까지 피해가 커질 테니까.

"바로 양양진까지 갈 겁니다. 피곤하더라도 이해해주시기 바랍니다."

4.

대응보에 사도무영 일행의 움직임이 알려진 것은 아침이 밝은 후였다.

"풍운보를 차지하고 있던 놈들이 모두 남쪽으로 내려갔다고 합니다, 대교주."

신유조가 희미한 미소를 지으며 말했다.

미처 예상치 못한 일이었다. 적의 주력을 앞에 놔두고 먼 곳부터 치려고 하다니.

하지만 나쁠 것 없었다. 아니 오히려 잘 된 일이었다. 그들이 어떤 자들인지 아는 그가 아닌가.

정요와 비천령의 수하들이 시체로 발견되었다는 말을 듣긴 했지만, 그 일에 비하면 그들의 목숨은 하찮은 것이었다.

북궁마야는 수염을 쓰다듬으며 혈광을 번뜩였다.

"잘됐군. 그러잖아도 등 뒤에 누가 서 있는 것 같아서 짜증이 났는데 말이야."

"하늘이 본교를 돕나 봅니다, 대교주."

"후후후후, 그런가?"

"하늘이 도울 때 시작하는 게 어떻겠습니까?"

"그것도 좋겠지. 어차피 오래 기다리지는 않을 생각이었으니까."

북궁마야는 만면에 환한 미소를 지으며 자리에서 일어났다.

"신유조, 각 종파의 종주들과 혈뢰마불을 불러들여라. 악이도 오라고 해! 태양이 중천에 뜨면 시작할 것이다!"

"존명!"

북궁마야의 명은 곧 환희종파에도 전해졌다.

여화란은 그 즉시 환희종파의 종주이자 어머니인 여백향을 만났다.

"어머니, 저는 몸이 안 좋아서 못 갈 것 같아요."

많이 봐줘도 삼십 대 중반 정도로 보이는 미부가 이마를 찌푸리며 걱정스런 표정을 지었다.

"이런, 하필 지금……. 그래 많이 안 좋으냐?"

"그럭저럭 견딜 만은 하니 너무 걱정 마세요. 하루만 지나면 괜찮아 질 거예요."

"그래, 너무 걱정 말고 몸부터 돌보거라. 다른 종주들이 뭐라고 하면 내가 알아서 할 테니까."

"현천대군께서 오셨으니 저 하나쯤은 없어도 상관없을 거예요."

"좌우간 몸 관리나 잘해라. 이제 곧 현천대군의 부인이 될 몸이 아니더냐?"

'싫어요. 그 사람의 부인은 죽어도 되지 않을 거예요.'

여화란은 목구멍까지 치민 말을 억누르고 입술을 깨물었다.

하지만 그녀의 마음과 달리 여백향은 자신의 딸이 현천대군의 마음을 사로잡은 것이 반갑기만 했다.

"너도 이제 만나지도 못할 사람은 잊고, 대군만 생각하도록 해라. 무슨 말인지 알겠지?"

'어머니도 한때 다른 남자를 좋아하셨잖아요.'

여화란은 자신의 마음을 몰라주는 어머니가 야속했다.

그래도 당장의 목적을 위해서 고개를 숙였다.

"알았어요, 어머니."

대답을 하면서도 그녀의 마음은 이미 다른 곳을 향해 달려가고 있었다.

여백향의 방을 나온 여화란은 곧장 자신의 방으로 갔다.
'이대로 현천대군의 여인이 될 수는 없어!'
어떻게 하면 어머니와 환희종파에 피해를 주지 않고 장원을 빠져나갈 수 있을까?
그녀는 머리를 감싸고 고민에 고민을 거듭했다.
그렇게 한 시진이 지나고, 나름대로 세운 계획이 막바지에 이르렀을 때였다. 밖에서 환희종파 여인의 목소리가 들렸다.
"소종주님, 현천대군께서 소종주님의 안전을 위해 특별히 호령위사를 보내셨다고 합니다."
여화란은 고개를 번쩍 쳐들고 입술을 질끈 깨물었다.
'이, 이런······.'

5.

한수를 건넌 사도무영 일행은 곧장 양양진 외곽에 있는, 구천신교 무사들이 모여 있다는 장원을 공격했다.
그곳에는 제갈세가보다 많은 오백여 명의 무사들이 있었다.
사도무영 일행은 곧장 그들을 공격했다.
"신룡검협이 여기 있노라!"
사도관이 소리치며 동에 번쩍 서에 번쩍 했다.
"마도의 무리여, 지옥으로 가라!"

광효도 미친 듯이 쌍장을 뿌리며 한 번에 대여섯 명씩 쓰러 뜨렸다. 그때만큼은 공이대선사도 광효를 말리지 않았다.
 단 두 사람에게 수십 명이 제대로 된 대항조차 못해보고 순식간에 쓰러졌다.
 거기다 섭장천의 검은 전보다 더 무거워져서 일검에 서너 명을 튕겨내고, 수라곡 사람들은 복수의 일념으로 아귀처럼 달려들었다.
 무당제자들과 철검보 무사들도 뒤지지 않겠다는 듯 적을 몰아붙였다.
 사도무영 일행이 공격을 시작한 지 이각. 삼백여 명이 쓰러진 상태에서 마도의 무리들은 도주하기 시작했다.
 도주하지 못한 자는 사도무영의 일갈에 병장기를 내던지고 투항했고.
 그런데 역시 그들의 구성도 제갈세가와 비슷했다. 숫자만 조금 많을 뿐.
 절정고수라 할 만한 자는 서너 명에 불과했고, 일류고수가 삼사십 명, 나머지는 이삼류에 불과한 일반 무사들이었다.
 사도무영은 싸움이 시작된 지 반의반각 만에 생포한 적의 수장을 닦달했다.
 "이곳의 고수들도 모두 남양으로 갔소?"
 "그, 그렇다."
 "남양의 일을 아시오? 그들이 정천맹을 언제 공격하는지 알고 있는 게 있소? 말하면 살려주겠소!"

화화문의 장로로 보이는 자.

그가 입에서 피를 주르륵 흘리며 비웃듯이 말했다.

"크크크크, 이곳에서 죽은 신교의 교도들보다 열 배는 많은 정천맹 사람들이 그곳에서 죽어가고 있을 것이다, 사영. 곧 현천의 세상이 도래하리니……. 네놈도 곧 대군의 손에 심장이 터져서 내 뒤를 따라오게 될 것이다."

그때였다. 사도관이 날아오더니 그를 뻥 차서 삼 장이나 날려버렸다.

"이 개자식이! 어디서 악담을 하고 있어! 내 아들이 왜 죽어! 네깟 놈들이 내 아들을 죽일 수 있을 거 같아?"

워낙 급작스런 일이어서 누구도 그를 말리지 못했다.

사도무영도 설마 아버지가 그를 발로 찰 줄은 생각조차 못 하고, 그가 날아간 뒤에야 아버지를 쳐다보았다.

이번에는 사도관도 기가 죽지 않았다.

"걱정 마라, 무영아! 하늘 아래에서 너를 죽일 수 있는 사람은 아무도 없으니까! 이 아버지만 믿어!"

누구도 그런 사도관을 탓하지 않았다.

'엉뚱하시기는…….'

사도무영도 사도관에게 뭐라 하지 않고 고개를 돌렸다.

그의 뒤쪽으로 공이대선사와 광효, 섭장천, 무당의 소명진인과 장로들이 모두 몰려와 있었다.

그의 눈이 소명진인을 향했다.
"장문인, 어떻게 하시겠습니까?"
소명진인도 화화종파의 장로가 한 말을 들은 터였다.
창백하게 얼굴이 굳은 소명진인의 눈빛이 흔들렸다.
"정말 정천맹이 밀릴 거라고 보나?"
"솔직히 말씀드려서, 그렇습니다. 싸움이 벌어졌다면……, 이미 상당한 피해가 발생했을 겁니다."
최악의 경우가 닥쳤을지도 모르고.
이를 악다문 소명진인의 입술이 잘게 떨렸다.
그가 왜 모를까. 왜 정천맹이 사도무영을 양번과 양양진으로 보냈는지.
'신야에만 있었어도 곧바로 대응할 수 있었을 것이거늘……. 무량수불.'
그럼에도 정천맹의 수뇌부는 큰 공은 자신들이 차지하고 작은 공만 넘겨주기 위해 이들을 이곳으로 보냈다.
만약 정천맹이 공격을 받고 있다면, 결국 그것 역시 정천맹의 이기심이 불러온 결과일 것이었다.
그러나 어쨌든 지금은 그걸 따질 때가 아니었다. 당장 달려가서 정천맹을 도와야 했다.
문제는 하루 종일 오가며 싸운 터라 기운이 빠져있는 상황. 게다가 양양진에서 남양까지는 오백 리나 된다는 점이었다. 조가장까지는 거기서 또 백 리 이상 가야 하고.

소명진인은 착잡한 표정으로 입을 열었다.

"자네의 판단에 맡기겠네. 달려가겠다면 달려갈 것이고, 상황을 지켜본 다음에 가겠다면 그렇게 하겠네."

사도무영은 소명진인에게서 눈을 돌려 사람들을 둘러보았다.

짜증이 나고 화도 나지만, 택할 길은 오직 하나뿐이었다.

"반 시진 쉰 후, 곧장 남양까지 달려갈 것입니다. 그때까지 최대한 내력을 찾으십시오."

산 넘고 물 건너 오백 리를 쉬지 않고 달려간다는 것.

절정고수라도 쉬운 일이 아니다. 지친 상태에서는 더하고.

더구나 그렇게 간다고 해도, 내력이 고갈된 상태에서 적과 마주치면 별 도움이 되지 않을 것이다.

내력을 적절히 조절하면서도 빠르게 달려가야 한다는 말.

사람들의 표정이 어두워지자, 사도관이 버럭 소리쳤다.

"왜 이리 힘들이 없는 거요! 해보는 데까지 해봅시다! 안되면 별수 없지만, 해보는 데까지는 해봐야 할 것 아뇨! 나와 무영이는 몇 년 전에 이보다 더한 고생을 하고도 이렇게 살아 있다는 거 아닙니까!"

무공만 강한 덜렁이처럼 보이던 사도관의 일갈에, 망설이던 사람들의 얼굴이 붉어졌다.

섭장천이 빙그레 웃으며 사도관의 말에 힘을 실어주었다.

"당연히 해봐야지요! 남자로 태어나 이 정도에 주저앉으면 안 되지 않겠습니까?"

웅성거리던 사람들은 굳은 표정으로 힘차게 고개를 끄덕였다.
소명진인이 조금 밝아진 표정으로 소리쳤다.
"좋소이다! 우리 무당도 최선을 다해보겠소! 강호를 구천신교에 넘겨줄 수는 없는 일 아니겠소?"
사공강도 검을 움켜쥐고 턱을 치켜들었다.
"어디 해보는 데까지 해봅시다! 나 사공강, 죽어도 남자답게 죽을 거요!"
분위기가 확 달아오르자 공이대선사가 빙그레 웃으며 말했다.
"뭣들 하나! 반 시진이면 많은 시간도 아닌데, 빨리 운공들 하시게!"

제 2 장
그가 가장 두려워하는 사람은……

1.

　폭풍이라도 불어오려는가.

　오시가 되면서부터 바람이 거세게 불어댔다. 그리고 이각이 지나자, 층층이 쌓인 구름이 남쪽에서 빠르게 밀려들더니 순식간에 남양 하늘을 뒤덮었다.

　거센 황사바람과 먹구름은 분주하게 움직이는 사람들의 마음을 무겁게 만들었다.

　앞으로 벌어질 일을 하늘도 아는 것인가?

　불어오는 바람에서 비릿한 냄새가 섞여 있는 것처럼 느껴졌다. 마치 피 냄새 같았다.

　그렇게 미시가 될 무렵.

끼이이이익!

대응보 정문의 경첩이 비명을 내지르고, 하나가 이 장에 달하는 거대한 정문이 양쪽으로 활짝 열렸다.

그 직후, 대응보 안에서 수천의 무사들이 쏟아져 나오기 시작했다.

폭풍이 몰아칠 것 같은 날씨에 수천 무사가 대응보를 나서는 광경을 보고 남양사람들은 숨을 죽였다.

-마침내 전쟁이 시작되는가 보다.

남양사람들은 멀찌감치 떨어져서 숨죽이고 그 광경을 지켜보았다.

강호 세력 간의 전쟁은 나라 간의 전쟁과 달라서 양민에게 미치는 영향이 많지 않았다.

그러나 남양의 일부 사람들은 구천신교로 인해 나라 간의 전쟁 못지않은 상처를 입은 터였다. 그들은 대응보를 나서는 구천신교의 무사들이 북쪽으로 올라가서 모두 까마귀밥이 되기만 기도했다.

근 일각에 걸쳐 대응보를 나온 구천신교의 무사들은 일정한 속도를 유지한 채 조가장으로 향했다.

자신들의 움직임을 정천맹이 알아도 두렵지 않다는 행동.

설령 하늘의 벽이 앞을 막아도 무너뜨릴 수 있다는 자신감이 그들을 이끌었다.

선두는 북궁마야와 신유조.

그의 좌측에는 북궁악과 현유가 이끄는 현천백팔마령이 서고, 우측에는 혈음사의 혈뢰마불이 이끄는 팔십구 명의 혈승이 섰다.
 그리고 현천교의 교도를 비롯해 팔대종파의 교도 일천오백, 마도십삼파 중 오파에서 은밀히 몰려온 무사와 마도천하를 이루겠다는 일념으로 달려온 마도 고수들이 그들의 뒤를 따랐다.
 그들이 위풍당당하게 대로를 가로지르는데도 관과 군은 눈을 돌렸다.
 그들은 어느 세력이 이기든 상관없었다. 어느 쪽이 이기든 그들의 호주머니가 두툼해지는 것은 마찬가지일 테니까.

 멀리서 그 광경을 바라보던 정첩당원들은 정신없이 전서(傳書)를 작성했다.
 오늘만 벌써 세 번째로 작성하는 전서였다. 어쩌면 마지막 전서가 될지도 몰랐다.
 "어쩐지 움직임이 심상치 않더라니……."
 "제기랄, 끝내 전쟁이 벌어지는군."
 전서구 세 마리가 그들이 작성한 전서를 발에 매달고 하늘로 날아올랐다.
 전서구는 세 마리가 날았지만, 내용은 모두 같았다. 혹여 전달되지 못할 상황을 생각해서 만전을 기하기 위해 세 마리를 날릴 것일 뿐.

2.

위지양은 전각 이층의 창문가에 서서 귀마곡에 가라앉아 있는 안개 속을 바라보았다.

유난히 진한 안개가 유유히 흐른다. 전각 밑에서 오가는 사람들이 안개 사이로 뿌옇게 보인다. 마치 당금 강호의 형세를 보는 듯하다.

"나는 그래서 정파를 자처하는 자들이 싫다네, 아우."

위지양은 안개 속에 투영된 사도무영을 향해 중얼거렸다.

—저도 형님의 마음을 압니다.

안개 속의 사도무영이 마치 그렇게 말하는 것 같다.

위지양은 씁쓸한 미소를 지으며 안개 자욱한 허공을 응시했다.

조금 전, 숨이 목까지 차오른 만소개가 달려왔다. 그리고 사도무영의 상황과 남양의 일을 전해 주었다.

"사도 형은 양양진과 제갈세가에 있는 구천신교 무리를 공격하기로 하셨습니다."

그 말을 할 때만 해도 괜찮은 계획처럼 생각되었다. 다른 사람들도 같은 생각이었다.

그런데 뒷이야기를 듣고 나자 상황이 달라졌다.

"정천맹에서 요구한 것입죠. 그런데 사도 형은 그 사이 구천신교의 본진이 정천맹을 칠지 모른다며 걱정하셨습니다요.

그런데 아니나 다를까, 놈들이 총집결하고 있습니다요. 아무래도 곧 움직일 거 같아서 본방의 거지들에게 살펴보라 하고 달려왔습죠."

백궁악이 의아한 표정을 지으며 물었다.

"정천맹에서도 그 정도 예상은 했을 것 같은데?"

"물론입죠. 그들은 알고도 사도 형에게 그런 요구를 한 것입죠."

"이상하군. 구천신교 본진이 정천맹을 칠 거라는 걸 안다면 꼬리를 자르는 게 큰 의미가 없을 것 같네만."

"사도 형에게 아래쪽을 맡기고 자신들은 구천신교 본진을 상대하려는 것입죠. 속 터지는 이야기입니다만, 정천맹은 사도 형이 큰 공을 세우는 걸 바라지 않습니다요."

그제야 상황을 알게 된 천마궁의 수뇌들이 대놓고 정천맹을 욕했다.

"이런 개자식들!"

"그럼 그렇지, 겉으로는 군자연하면서 속으로는 시기와 질투로 가득한 놈들이라니까?"

"웃기는 놈들이군. 그렇게 자신 있으면 왜 여태 밀린 거야?"

"그런 놈들은 혼이 나봐야 됩니다, 궁주!"

"그렇습니다, 궁주! 우리가 그딴 놈들을 왜 도와준단 말입니까?"

그때 입을 닫고 묵묵히 앉아 있던 혁거붕이 입을 열었다.
"정천맹이 구천신교 본진을 상대할 수 있을 만큼 힘이 모였단 말 같군."
만소개가 즉시 대답했다.
"대정천이 합류했습니다요."
"대정천이?"
천마궁의 수뇌부 모두가 놀란 표정을 지었다. 위지양도 표정이 굳어졌다.
밀천십지 중 하나이자 정파의 마지막 보루라는 대정천이 나타났다면 강호의 상황이 달라질 수밖에 없을 터였다.
"그게 정말인가?"
"그렇습니다요, 궁주."
"그럼 정천맹이 그런 생각을 한 것도 무리가 아니군."
"하지만 구천신교 쪽도 강력한 원군이 합류했습죠."
"강력한 원군? 단순한 자들은 아닌 것 같네만……."
"북궁악이라는 자와 백여 명의 흑의인들인데, 엄청나게 강한 자들입니다요. 특히 북궁악이라는 자는 고월신검 구양 대협을 삼 초만에 중상을 입혔습죠. 사도 소협께서는 그자들이 바로 북궁마야가 공격을 미루면서까지 기다리던 자들 같다고 했습니다요."
대전에 경악이 물결쳤다.
고월신검 구양명. 중원십검 중 하나인 자. 그를 이길 수 있는 사람은 천마궁에서 다섯을 넘지 않았다. 하거늘 그런 고수가 삼 초만에 중상을 입다니.

믿을 수 없는지 혁거붕이 굳은 표정으로 물었다.

"그게 사실인가?"

"비영검 고윤 대협과 쌍류장 지연학 대협이 목숨을 걸고 구양명 대협을 구했습니다요. 듣기로, 고 대협과 지 대협은 그자의 일초를 받아내지 못하고 머리가 터져 죽었다고 합니다요."

천마궁의 수뇌부가 웅성거렸다. 그런 자들이 합류했다면 정천맹에 대정천이 도착했다 해도 안심할 수 없을 것이었다.

그런데 잠시 시간이 흐르면서 묘한 기류가 흘렀다.

위지양은 그 기류의 정체를 알기에 만소개를 내보내고 생각에 잠겼다.

갈등이 일었다.

아우인 사도무영을 팽 시키려는 자들을 정말 도와줘야 한단 말인가?

그러나 약속을 한 것이 있으니 무작정 마다할 수도 없는 일이었다.

그때 장로 중 하나로 모사에 일가견이 있는 귀유마설(鬼儒魔舌) 모기양이 위지양의 눈치를 보며 넌지시 말했다.

"궁주, 놈들끼리 싸우게 그냥 놔두면 어떻겠습니까?"

"무슨 뜻이오?"

"그들의 싸움에 직접 끼어들 필요가 없을 것 같단 말입지

그가 가장 두려워하는 사람은······. 43

요. 지켜보다가 어부지리를 얻는 것도 괜찮지 않겠습니까? 다 끝난 다음 정리만 하면……."

천마궁의 수뇌부 중 많은 수가 그 말에 동의한다는 듯 고개를 끄덕였다.

정천맹과 구천신교 중 어느 쪽이 승리한다 해도 막대한 피해를 입을 것이 분명하다.

양패구상해서 상처만 남았을 때 그들을 친다면, 천하를 좌지우지하는 양대 세력을 손쉽게 무너뜨릴 수 있을 터. 그야말로 다시없는 절호의 기회가 아닌가.

위지양은 바로 대답하지 않고 눈을 반쯤 감았다.

자신조차 갈등이 일 정도니 사람들의 마음을 이해 못할 바는 아니었다. 하지만 예상대로 된다 해도 남은 문제가 하나둘이 아니었다. 당장 천하가 천마궁의 손에 쥐어지는 것도 아니고.

'천하에서 가장 두려운 적은 그들이 아니오. 당신들은 그 점을 잊고 있어.'

잠시 침묵이 흘렀다.

천마궁의 수뇌부들은 모두 위지양을 주시하며 하늘의 명이 떨어지기만 기다렸다.

결정은 위지양이 내리는 것이다. 그것이 설령 자신들의 뜻과 다르다 해도 그들은 따를 수밖에 없었다.

위지양은 가슴속에서 이는 충돌을 정리했다.

「천마궁이 천하를 움켜쥘 수 있는 절호의 기회다, 뭘 망설이느냐?」

'신의를 버리고 영광을 얻은들 무슨 소용이란 말이냐?'

「세상은 결과를 중시한다. 과정은 필요 없어!」

'그렇게 얻은 영광은 빈껍데기일 뿐이다. 나는 빈껍데기 같은 영광을 얻기 위해 세상에 나온 것이 아니다.'

「사람들의 마음은 간교하지. 시간이 지나면 모든 것을 잊고 만인이 네 앞에 무릎을 꿇을 것이다!」

'가장 가까운 사람들부터 등을 돌릴 것이다. 당장 아우부터. 그리고 얼마 가지 못하고, 우리가 얻은 영광은 물거품처럼 스러질 것이다.'

「바보 같은 놈! 그까짓 한푼 값어치도 없는 인연 때문에 절호의 기회를 포기하겠다는 거냐?」

위지양의 입가에 냉소가 떠올랐다.

'결정은 내가 하는 것이다. 다시는 내 마음을 강제로 움직이려 하지 마라, 천마여.'

그는 천천히 눈을 뜨고 천마궁의 수뇌들을 둘러보았다.

마침내 그의 입이 열렸다.

"모 장로의 말도 일리가 있소. 하나 나는 아우와의 약속을 어길 수 없소. 그리고 또 하나, 어부지리로 천하를 얻은들 그게 얼마나 갈 것 같소? 나 위지양은 정정당당히 그들과 힘을 겨루어서 만천하에 천마궁의 위엄을 알릴 것이오! 그게 진정한 패도의 길이 아니겠소?"

백궁악이 제일 먼저 고개를 숙였다.
"궁주님의 뜻에 따르겠습니다!"
천마궁 수뇌들은 아쉬움을 감추지 못했다. 그러나 하늘의 결정이 떨어진 이상 토를 달지 않았다.

위지양은 조금 전의 일을 떠올리며 숨을 깊게 들이쉬었다.
'욕심이 앞서면 몰락도 그만큼 빨라진다. 나는 나만의 방법으로 천마궁을 천하에 우뚝 세울 것이다. 그 시간이 얼마가 걸리더라도.'
내심 각오를 다진 그는 몸을 돌렸다. 백궁악과 혁거붕과 멸천단주 구제천이 들어서고 있었다.
눈이 마주치자 백궁악이 담담한 표정으로 말했다.
"출동준비가 끝났습니다, 궁주."
"모두 궁주께서 내려오시기만 기다리고 있소이다."
"명을 내려 주시지요!"
위지양은 무심한 표정으로 명을 내렸다.
"본 궁주는 정천맹을 위해서 본 궁의 무사들을 무리하게 희생시킬 생각이 없소. 그런 만큼 구천신교를 공격하긴 하되, 우리가 먼저 시작하지는 않을 거요. 또한 그들은 신의를 어긴 자들, 그 대가를 받아 마땅하오. 본 궁주는 정천맹이 위기에 처했을 때, 결정적인 상황에서 공격 명령을 내릴 것이니 그리 알고 움직이도록 하시오."

세 사람의 눈빛이 형형하게 빛났다.

그들은 마도의 사람들이다. 충성을 맹서한 궁주의 뜻이니 따르긴 하나, 불만이 전혀 없는 것은 아니었다.

그런데 위지양의 말을 듣고 나니, 알게 모르게 답답했던 마음이 후련해졌다.

얼굴이 상기된 세 사람은 일제히 고개를 숙이며 경의를 표했다.

"정천맹 놈들은 혼이 나도 싼 놈들입니다. 정말 멋진 생각이십니다, 궁주!"

"알겠소이다, 궁주!"

"충! 명대로 하겠습니다!"

위지양은 가볍게 고개를 끄덕이고 걸음을 옮겼다.

그리고 막 이층의 방문을 빠져나가기 전, 누구에겐지 모를 질문을 던졌다.

"내가 가장 두려워하는 사람이 누군지 아시오?"

세 사람은 멈칫하며 위지양의 뒷모습을 바라보았다.

'사도무영을 말하는 것인가? 아니면 구천신교의 북궁마야나 북궁악이란 자?'

북궁마야를 두려워했다면 구천신교의 청을 일언지하에 거부하지 않았을 것이다. 그리고 북궁악은 이제 겨우 이름이 알려진 자다. 그가 아무리 강하다 해도 위지양이 두려워할 리가 없다.

결국 사도무영을 말씀하시는 건가?

세 사람은 의문을 품고도 입 밖으로 내뱉어서 묻지 않았다.

위지양은 그들에게 하늘이었다. 천하의 누가 위지양보다 더 강할지 몰라도, 그들에게 하늘은 오직 하나였다.

위지양은 그들이 입을 다물고 있는 이유를 알기에 쓴웃음을 지었다.

'당신들은 모를 것이오. 나는 그가 진정으로 두렵소. 내 가슴속에 웅크리고 있는 또 하나의 내가……'

3.

연락은 삼룡채에 있는 포검산장에도 전해졌다.

순우진은 삼룡채 뒤쪽의 동굴에서 각고수련을 하던 중에 연락을 받고 동굴을 나왔다.

삼룡채의 거대한 통나무집에는 뒤늦게 합류한 순우만과 순우겸 등 포검산장의 수뇌가 모두 모여 있었다.

순우진이 도착하자마자 곧 회의가 시작되었다.

포검산장의 수뇌들은 갑론을박 끝에 한 가지 결정을 내렸다.

-천마궁의 움직임을 주시한 후 그들과 보조를 맞춰 공격한다!

그들로선 그런 결정을 내릴 수밖에 없었다.

정천맹과 구천신교 사이의 전쟁에 처음부터 전격적으로 끼어들었다가 피해가 막심해지면, 훗날 천마궁에 뒤통수를 맞을지 모르는 것이다.

약속했으니 걱정할 것 없다고?

개 풀 뜯어먹는 소리였다. 마도의 무리를 어찌 믿는단 말인가?

천마궁이 약속을 어기고 포검산장을 공격한다면, 그때 가서 후회해 봐야 아무 소용도 없는 것이다.

순우진은 그 의견에 찬성했다.

사실 그는 결과가 어떻게 되든 관심이 없었다. 그의 관심은 오직 한 사람, 철혈신마에게 집중되어 있었다.

'만약 정천맹의 승리로 싸움이 끝나면 철혈신마에게 비무를 신청하겠어.'

이기고 지는 것이 문제가 아니었다. 세상의 이목이 집중된 곳에서 철혈신마와 비무를 벌인다는 게 중요했다.

자신이 승리한다면 철혈신마의 위명이 고스란히 자신에게 넘어올 것이고, 진다고 해도 순우진이라는 이름이 세상에 알려질 것이다.

사도관의 말이 사실이라 해도, 자신의 실력은 철혈신마 위지양에게 많이 떨어지지 않는다.

죽거나 중상을 입지만 않는다면 손해 볼 것이 없었다.

'하늘의 기운을 받고 태어난 나다. 언제까지 포검산장에 웅크리고 있을 수만은 없어!'

4.

신시 말.
두 마리 전서구가 초지급임을 알리는 붉은 띠를 매달고 방성의 조가장에 차례차례 내려앉았다.
황보민은 전서통을 열자마자 재빨리 훑어보고는, 이를 악물고 제갈현종이 있는 곳을 향해 정신없이 달려갔다.
"군사!"
문이 세차게 열리자 제갈현종의 눈이 황보민을 향했다.
그는 뭔가를 예상한 듯 표정이 굳어 있었다.
황보민은 즉시 안으로 들어가며 전서를 내밀었다.
"놈들이 대웅보를 떠나 이곳으로 오고 있습니다!"

둥둥둥둥!
비상고가 조가장을 뒤흔들고, 각 세력을 이끄는 수장들과 십여 명의 주요 고수들이 대회의전에 모였다.
대정천의 천주인 요공대사와 제갈신운. 벽검산장의 동방력과 동방경. 정천단의 단주인 백리양문과 사대주. 장로원주 요명대사를 비롯한 세 명의 대장로, 구룡단주와 오호단주, 정천맹을 돕기 위해 달려온 원로고수 등등.

청무진인은 모든 사람들이 다 모일 때까지 기다리지 않고, 신광을 번뜩이며 입을 열었다.

"놈들이 남양 대응보를 출발해서 이곳으로 오고 있다 하오!"

모두 그 사실을 알고 왔음에도 청무진인의 말이 떨어지자 솟구치는 감정을 참지 못했다.

"이 기회에 놈들을 끝장내야 합니다! 맹주! 명을 내려주시오!"

"정천맹의 진정한 힘을 보여줍시다!"

"정의는 반드시 이긴다는 걸 놈들에게 알려줘야 합니다!"

청무진인은 두 손을 들어 군웅들을 진정시켰다.

곧 소란이 잦아들었다.

청무진인은 위엄어린 눈으로 군웅들을 둘러보았다.

"우리는 마도를 물리치기 위해 이 자리에 모였소이다! 비록 우리의 힘이 완벽하게 갖추어지지 않아서 한두 번 저들에게 밀렸다 하나, 정파의 힘은 마도의 무리 따위가 감히 넘볼 수 있는 것이 아니외다! 이제 우리는 놈들을 상대할 수 있는 완벽한 준비를 갖추었소이다! 흥분하지 않고, 각자에게 맡겨진 곳을 침착하게 지키면서 일사분란하게 대응한다면 마도의 무리를 충분히 물리칠 수 있을 것이외다! 군사!"

일장 연설을 끝낸 청무진인이 제갈현종을 향해 고개를 돌렸다. 제갈현종은 한 걸음 앞으로 나서며 말했다.

"저들에게는 지원받을 수 있는 무사가 없습니다. 지금쯤 제갈세가와 양양진에 있던 적이 모두 무너졌을 테니까요. 그러니 몰려오는 자들만 물리치면 이번 전쟁은 본맹의 승리로 끝날 것입니다."

요명대사가 의아한 표정으로 물었다.

"그게 사실이오? 내 알기로 본 맹에서 따로 빠져나간 대규모 전력이 없는 것으로 알고 있는데, 누가 그들을 무너뜨린단 말이오?"

"어젯밤 무당파와 사도무영 공자의 일행이 움직였습니다."

"사도무영? 아, 사영인가 하는 그 사람 말이오?"

"그렇습니다."

"흠, 무당이야 믿지만, 그에게 과연 그 정도 힘이 있을지 모르겠구려."

제갈현종은 씁쓸한 표정으로 슬쩍 제갈신운을 바라보았다.

제갈신운이 굳은 표정으로 뚫어지게 노려보고 있었다.

"숙부, 사도 공자가 양양진과 세가에 남아 있는 적을 무너뜨렸을 거라 하셨습니까?"

"그래. 그들의 실력이면 충분하지 않겠느냐?"

"충분하지요. 그가 지닌 힘을 믿지 못하면, 당금 천하에서 아무도 믿을 만한 사람이 없으니까요. 한데……, 그들이 자원해서 갔습니까?"

제갈현종은 마침내 올 것이 왔다는 표정으로 고개를 저었다.

"아니다, 본 맹의 부탁으로 갔다."
"왜, 왜 그들을 그곳으로 보냈습니까? 왜 저에게 그 일을 말씀하지 않으신 겁니까?"
"그건……. 음, 그들이 두 곳에 모인 적만 처리해주면 구천신교도 고립된 상태가 되지 않겠느냐?"
"그래서 그들을 보냈단 말씀입니까? 아래쪽의 지원만 끊기면 이곳에 모인 사람들의 힘만으로 남양의 구천신교를 충분히 상대할 수 있을 것 같아서요?"
제갈현종은 아무 말 하지 않고 씁쓸한 표정만 지었다.
그런데 제갈신운이 제갈현종을 몰아붙이는 게 마뜩치 않은지 청무진인이 나섰다.
"사실이 그렇지 않은가?"
제갈신운은 이마를 찌푸린 청무진인과 미안한 표정의 제갈현종을 번갈아보고는, 대충 어떻게 된 상황인지 눈치챘다.
천천히 자리에서 일어난 그는 청무진인을 바라보았다.
"죄송합니다만, 그가 오지 않는다면 모든 계획을 수정해야 합니다, 맹주."
"계획을 바꾼다? 당장 적이 몰려오고 있는데 말인가? 어떻게?"
"일단 여주로 다시 후퇴해서, 그가 올 때까지 시간을 벌었으면 합니다만."
가만히 듣고만 있던 동방력이 한소리 내질렀다.

"어허, 말이 너무 심한 거 아니오, 제갈 단주! 마치 우리 힘만으로는 저들을 상대할 수 없다는 듯 말하는데, 그리 자신이 없으시오?"

그는 제갈현종이 사도무영과 연락을 취하고 있는 걸 자신에게 고의로 숨긴 것 같아 불쾌하기만 했다.

그러던 차에 제갈신운마저 사도무영을 천하제일인인 것처럼 말하자 짜증이 났다.

동방경도 마찬가지 마음이었던지 동방력을 거들었다.

"제갈 대협, 사도무영이란 자를 대단하게 생각하시나 본데, 그자가 없다고 해서 달라질 것은 없습니다. 대정천이 정 자신 없다면 저희가 앞장서지요."

제갈신운은 두 사람을 응시했다.

그는 벽검산장에 대해서 사도무영에게 다 들은 터였다. 당장 이 자리에서 그들이 얼마나 추악한 짓을 저질렀는지 추궁하고 싶었다.

하지만 지금은 지렁이가 꿈틀거리는 힘마저도 필요한 상황. 불길처럼 타오르는 감정을 억눌렀다.

'돌이키기에는 너무 늦은 것인가?'

모두가 결사를 외치고 있다. 승리할 거라는 자신감에 차있다. 자신이 혼자 아무리 외쳐봐야 공허한 메아리일 뿐. 그저 나약한 자의 고집처럼 보일 뿐.

'하늘이 피를 원한다면 어쩔 수 없지.'

제갈신운은 차갑게 가라앉은 눈빛으로 동방경에게 말했다.
"그렇게 자신 있다면 그렇게 하게. 대신 우리가 우측을 맡지."
동방력은 책하는 눈빛으로 동방경을 쳐다보았다.
하지만 동방경은 물러서고 싶은 마음이 없었다. 기회라 생각한 것이다.
『아버님, 본가의 위명이 대정천보다 더 커지는 것도 괜찮지 않겠습니까?』
동방력의 코가 씰룩였다.
듣고 보니 그럴듯하지 않은가?
밀천십지 중 하나이며 정파의 하늘인 대정천을 누를 기회가 어디 흔하던가 말이다.
그렇게만 된다면 천하에 우뚝 설 수 있을 터.
동방력은 미미하게 고개를 끄덕이고는 제갈신운을 향해 말했다.
"좋소. 그럼 우리가 정면을 맡겠소이다."
갑자기 상황이 이상하게 흐르자, 사람들은 제갈신운과 동방력을 응시했다.
요공대사도 이해할 수 없다는 눈으로 제갈신운을 바라보았다.
『대체 왜 그러느냐? 진정 우리만으로 저들을 이길 수 없단 말이냐?』
제갈신운은 무거운 표정으로 고개를 저었다.

적이 몰려오고 있는 판이다. 이유를 말하고 옳고 그름을 따지기에는 이미 늦은 상황. 이제는 주어진 상황에서 최선을 다하는 수밖에 없었다.

'이들 중 얼마나 살아남을 수 있을까?'

승산은 반반이다. 어쩌면 이길 가능성이 더 높을지도 모른다. 다만 분명한 것은, 이긴다 해도 그 피해가 막대할 거라는 사실이다.

'피해가 너무 커지면 정천맹의 존립 자체가 위험해진다.'

제갈신운이 답답한 것은 바로 그 점이었다.

세상에 사마도의 무리가 구천신교만 있는 것은 아니거늘.

하지만 제갈신운도, 동방력과 동방경도, 요공대사와 청무진인과 제갈현종도, 이곳에 있는 누구도 한 사람에 대해서 깊게 생각하지 않았다.

극마의 마인, 현천대군 북궁악.

그가 어떤 사람인가를.

잠시 후.

조가장의 정문이 활짝 열렸다.

청무진인과 제갈현종을 비롯한 정천맹의 수뇌부와 대정천의 고수들이 먼저 정문을 통과했다.

뒤이어 정천맹의 무사들과 의협심으로 달려온 정파의 무사들이 조가장을 나섰다.

어느 누구도 태연한 자는 없었다.
어떤 자는 흥분으로 얼굴이 상기되어 있고, 어떤 자는 불안과 초조로 낯빛이 석고처럼 굳어 있었다.
제갈신운은 대정천 사람들과 함께 걸어가며 이를 악물었다.
'사도 공자, 미안하네.'

조가장에서 이십오 리 가량 남쪽으로 달려가자, 완만한 야산이 길게 이어진 지형이 나왔다.
평구(平邱)라는 곳이었다.
제갈현종은 진군을 멈추게 하고, 적을 맞이할 진형을 갖추기로 했다.
평구는 북쪽에서 남쪽으로 서서히 낮아지는 지형이었다. 대규모 적을 상대하는데 인근에서 이곳만큼 좋은 지형이 없었다.
더구나 양쪽으로는 높은 산이 있어서 방성으로 가려면 반드시 평구를 지나가야 했다.
물론 돌아가는 길이 없지는 않았다. 이십 리 정도 돌아갈 마음을 먹는다면 적어도 세 곳의 길이 더 있었다.
하지만 구천신교의 무리는 자신에 차서 달려오고 있었다.
단숨에 정천맹을 무너뜨려서 현천의 세상을 만들겠다고 떠벌리는 판이었다.
자잘한 계략보다 힘을 앞세우는 자들. 저들은 절대 힘을 나누어서 몇 십 리를 돌아가지 않을 것이었다.

"황보 당주, 적은 지금 어디까지 왔는가?"

"십 리 전방까지 접근했습니다, 군사."

황보민이 구천신교의 이동상황을 알렸다.

제갈현종은 돌아서서 각 세력의 수장들을 향해 소리쳤다.

"적이 곧 도착할 것이외다! 독단적으로 움직이지 말고 철저히 계획한 대로 적을 상대하시오!"

"예, 군사!"

사천에 이르는 무사들은 열 개의 조로 나누어져서 십절진의 형태를 갖춘 채 적이 나타나기만 기다렸다.

하늘은 구름이 잔뜩 끼어서 금방이라도 비가 올 것만 같은 날씨였다. 바람도 제법 불어서 서늘함마저 느껴졌다.

그런데도 사람들은 입안의 침이 마르고 손에 땀이 찼다.

팽팽하게 당겨진 활시위 위에 올라선 기분.

누구 하나 입을 열지 못하고, 숨소리조차 조심스러워하며 앞을 주시했다.

일각 후.

화살 하나가 붉은 연기를 꼬리처럼 매달고 허공으로 솟구쳤다. 그리고 백을 셀 즈음, 북궁마야가 수천의 무사들을 이끌고 건너편 언덕 위로 올라섰다.

대응보를 나설 때보다 족히 오백 이상은 늘어난 숫자였다. 뒤늦게 달려오거나, 눈치만 보던 자들이 결전을 앞두고 합류한 것이다.

5.

정천맹과 구천신교가 평구에서 조우하던 그 시각.

여화란은 자신이 머물던 전각을 나왔다. 왠지 모르게 초조한 표정이었다.

'절대 그의 여자가 되지 않을 거야!'

그녀가 전쟁에 참여하지 않았음에도 누구 하나 의심하지 않았다.

북궁악이 그녀를 대군의 부인으로 삼겠다고 선언한 터였다. 그녀의 뜻은 곧 현천대군의 뜻이었다.

'기회는 지금밖에 없어.'

그녀는 본래 구천신교 무사들이 대응보를 빠져나간 후 북궁악의 손길을 벗어나기 위해서 도주할 작정이었다.

그런데 엉뚱한 일로 인해서 여화란이 남몰래 세운 계획에 차질이 생기고 말았다.

북궁악이 현천의 씨를 밸 여인이 다치면 안 된다며, 떠나기 전에 호위 다섯을 붙여 놓은 것이다. 그것도 그녀가 감당키 힘든 고수들로.

사실 밤에 도망칠 생각을 안 해본 것은 아니었다. 하지만 자신이 도망치면 어머니가 추궁을 당할지 몰랐다.

'정천맹을 치러 간 후 도망치자. 이기든 지든, 상황이 어수선하면 내가 없어진 것을 크게 따지지 않을 거야.'

그렇게 생각한 그녀는 거짓말을 하고 대응보에 남기로 했다. 그런데 이제는 밤에 도망치지 않은 것이 후회되었다.

'무슨 수를 써서라도 최대한 멀리 도망쳐야 해.'

결심을 굳힌 그녀가 전각에서 멀어지자 호위무사 중 한 사람이 다가왔다. 다섯 명 중 수장인 자였다.

"소종주, 어딜 가시려고 그러십니까?"

"답답해서 바람 좀 쐬려고 그래요."

"대군께서 밖으로 나가면 안 된다고 하셨습니다. 적의 암습이 있을지 모르니 이곳을 벗어나지 마십시오."

"괜찮아요. 비록 대부분의 무사들이 정천맹을 치기 위해 떠났다지만, 아직 이백 명이 넘는 무사가 남았잖아요. 밖으로 나가게 해줘요."

"하지만 대군의 명령을 어길 수는 없습니다. 죄송합니다, 소종주."

여화란의 눈매가 치켜 올라갔다.

그녀는 설득이 통하지 않자 강하게 나가기로 작정했다.

"흥! 내가 죄인이더냐? 대군께서 나가지 말라는 게 안전이 걱정되어서 그런 것이냐, 아니면 나를 억류하라고 그런 것이냐?"

아름다운 여화란이 눈까지 치켜뜨고 소리치자, 무표정하던 장한도 당황하지 않을 수 없었다.

"소인이 어찌 모르겠습니까. 하오나……."

여화란은 말을 다 듣지도 않고 채대를 휙 잡아채 뽑으며 장한의 목에 들이댔다.

"마지막이다! 비켜라! 만일 비키지 않으면, 네 목을 내가 직접 벨 것이다!"

여화란을 응시하는 장한의 눈빛이 잘게 떨렸다.

단순히 겁을 주기 위해 말하는 게 아니다. 정말 죽일 생각이다.

'정말 독하군. 앞을 막았다고 호위를 죽이려 하다니.'

그가 어찌 알까? 절망에서 탈출하기 위해 필사적인 여화란의 마음을.

"어딜 가시려고 그러시는 겁니까?"

"나는 갇혀 있는 걸 제일 싫어하는 사람이다. 바람 좀 쐬고 돌아올 것이니 비켜라! 어서!"

장한은 할 수 없다는 듯 옆으로 비켜섰다.

여화란은 채대를 거두고 장한의 앞을 스쳐 지나갔다.

그녀가 전각 앞마당을 걸어가자 유령처럼 네 명의 호위가 나타났다. 하지만 그녀는 눈 하나 깜짝하지 않고 걸음을 옮겼다.

네 명의 호위는 장한을 힐끔 쳐다보았다.

장한이 고개를 저었다.

"잠시 산보를 하시겠다고 한다. 놔두고 호위에만 신경 써라."

네 명의 호위는 뒤로 물러나며 길을 터주었다.

여화란은 그들 사이를 지나가며 독기어린 목소리로 소리쳤다.

"가까이 오지 말고 멀리 떨어져 있어라! 네놈들의 몸에서 나는 썩은 냄새가 코를 찔러서 불쾌하니까!"

장한과 네 명의 호위무사는 찰나간 멈칫했다. 모욕적인 말에 그들의 낯빛이 알게 모르게 붉어졌다.

그들은 대군이 나올 때를 위해 키워진 호령위사들. 비록 일개 호위라지만, 비천한 환희종파의 소종주에게 모욕을 받을 정도의 위치는 아니었다.

'대군께서 어여삐 여기니까 눈에 뵈는 게 없군.'

하지만 어쩌랴. 대군의 부인이 된다면 하늘로 모셔야 하는 여인인데.

장한은 이를 악물고 수하들에게 지시했다.

"오 장 이상 거리를 두도록 해라."

여화란이 버럭 소리쳤다.

"십 장 떨어져!"

여화란은 호위무사들을 끌고 이곳저곳을 돌아다녔다. 그러다 그들의 모습이 눈에 들어오면 사정없이 욕을 퍼부었다.

"그렇게 해서 무슨 호위를 하겠다는 거냐! 하긴 네놈들을 믿고 호위를 맡긴 대군만 불쌍하지."

"그딴 실력으로는 네놈들이 나를 지키는 게 아니라, 내가 네놈들을 지켜야겠구나!"
"대체 몸에서 나는 냄새는 뭐냐? 얼마나 안 씻었으면 그런 썩은 냄새가 나는 것이냐?"
호령위사들도 참는 것에 한계를 느끼기 시작했다.
결국 시간이 지나면서 처음에는 십 장이었던 거리가 조금씩 늘어났다.
그리고 어느 순간, 그녀의 모습이 사라졌다.

당황한 장한의 목소리가 후원을 흔들었다.
"소종주를 찾아라! 장원을 샅샅이 뒤져!"
그들은 여화란이 도망갈 거라고는 꿈에도 생각지 못했다.
대군의 부인이 되면 만인을 부릴 수 있는데 왜 도망간단 말인가?
호위가 붙는 게 싫어서 따돌린 것이겠지.
그렇게 생각한 호령위사들은 정신없이 장원 내를 돌아다니며 여화란을 찾았다.
그 시각, 여화란은 대응보의 담장을 넘은 후 전력을 다해 달려서 남쪽에 있는 야산 속으로 스며들고 있었다.
대응보에서 야산까지는 이백여 장 정도. 그녀는 숲속으로 들어가기만 하면 호령위사들을 따돌릴 수 있을 거라 생각했다.
그런데 바로 그때, 대응보의 담장 위로 올라선 호령위사 중 하나가 그녀를 발견하고 소리쳤다.

"저기 소종주가 보입니다! 산으로 들어가고 있습니다!"
"뭐야? 쫓아! 놓치면 우리가 죽는다!"

6.

그날.

이영영은 득달같이 달려온 서풍기의 말을 듣고 찻잔을 엎으며 벌떡 일어났다.

"뭐야? 그 인간과 무영이가 구천신교와 정천맹이 싸우는데 끼어들었다고?"

"예, 장주. 정천맹 간부의 입에서 직접 나온 소리이니 틀림없을 것입니다."

"그 미친 인간이야 제정신이 아니니 그렇다 치고, 무영이는 왜 또 끼어든 거야?"

"굉장히 강한 걸로 알려져……."

"시끄러! 아직 스물도 안 된 어린애가 강해봐야 얼마나 강하겠어! 그래, 맞아! 아마 그 인간이 부추겨서 싸우는 걸 거야."

그녀에게는 사도무영이 그저 어린 아들일 뿐이었다.

강하다고?

웃기는 소리였다. 헤어진 지 이제 겨우 삼 년이다.

그 사이 강해져봐야 얼마나 강해졌겠어?

방 안을 오락가락하던 그녀가 어느 순간 우뚝 걸음을 멈췄다.
"빌어먹을. 사숙은 대체 뭐하고 있는 거야?"
그녀는 꿈에도 몰랐다. 청진도장은 그녀가 보낸 은자 백 냥만 꿀꺽하고 아예 자신의 도관에서 움직이지도 않았다는 걸.
이를 지그시 악문 그녀는 서풍기에게 명을 내렸다.
"본 장의 무사들을 소집해라. 일류 수준의 고수들로만. 이대로 보고만 있을 수는 없어. 무영이를 구해야 해!"
"엄마가 직접 가려고?"
"그럼 이년아, 오빠가 죽을지 모르는데 너는 걱정도 안 돼?"
"걱정이야 되지. 근데 엄마가 가는 건 반대야. 그러다 엄마까지 다치면 어떡해?"
"걱정 마! 강호에서 이 엄마를 이길 사람은 얼마 없으니까. 조심하면 털끝 하나 다치지 않고, 네 아버지의 귀를 잡고 질질 끌고 올 거다!"
이영영은 자신만만하게 말하고 서풍기를 바라보았다.
"본 장의 무사들 중 일류고수들만 골라서 대기시켜. 참가하는 자에게는 일인당 금 열 냥씩을 준다고 말해. 살아서 돌아오면 열 냥을 더 줄 거야."
서풍기는 허리를 깊숙이 숙였다.
"예, 장주. 모두 좋아할 것입니다."
황금 열 냥이라면 죽을 확률이 팔 할이라 해도 달려들 사람이 부지기수다. 어차피 갈 사람들도 사기가 오를 것이고.

그런데 살아서 돌아올 경우 열 냥을 더 준다고 하면, 아마 모르긴 몰라도 천보장의 모든 무사들이 나설 게 분명하다.

확실히 장주는 장사를 아는 사람이었다.

'이번 일만 잘 풀리면 천보장은 낙양제일이 아니라 천하제일상가가 될 게야.'

뛰어난 사람들이 배포 크고 강한 황금선랑 밑으로 모여들 테니까.

'그러면 나는 그런 천보장의 총관으로서 만인을 거느리는 거지.'

흐뭇한 미소가 서풍기의 입가에 걸렸다.

꼭 천하를 쥐어야만 행복인가? 이인자의 행복이란 것도 있는 거지.

가끔 짜증나고 힘들 때도 있지만, 그 정도도 감수하지 못해서는 이인자의 행복을 만끽할 자격이 없었다.

7.

양양진을 출발한 인원은 부상자를 제외한 이백오십여 명이었다.

백 리를 달리는 동안 그 중 백여 명이 뒤로 조금씩 처졌다.

그리고 신야를 지나칠 즈음에는 선두를 달리는 사람이 오십 명도 채 되지 않았다.

그때 사도무영과 나란히 달리던 사도관이 머뭇거리며 말했다.

"무영아, 아무래도 나는 이 사람하고 조금 뒤에서 따라가야 할 것 같다."

사도관이 도와주고 있는데도 나민이 거친 숨소리를 내고 있었다. 기력이 바닥까지 떨어진 듯했다.

아직 이백 리를 넘게 가야 하는 상황. 무리해봐야 좋을 게 없었다.

"그렇게 하세요, 아버지."

사도무영의 말에 사도관은 걸음을 조금 늦추었다.

"미안해요. 괜히 나 때문에……. 차라리 당신 먼저 가세요. 저는 천천히 뒤따라갈 테니까요."

나민이 미안한 표정을 지으며 말했다. 하지만 사도관은 고개를 저으며 씩 웃었다.

"가도 함께 가고, 여기서 주저앉아도 함께 주저앉을 거요. 그러니 미안해 할 것 없소."

"하지만 빨리 가야 조금이라도 도움이 될 텐데……."

"나에겐 그들을 돕는 일보다 당신을 돌보는 게 더 중요하오."

담담히 말하던 사도관이 단학을 쳐다보았다.

"그런데 단 형은 왜 안가는 거요?"

"대공과 함께 움직이려고……."

"신법에는 자신 있다며? 오백 리 정도는 끄떡없다고 하지 않았나? 걱정 말고 그냥 가."

단학은 실 같은 눈으로 사도관을 째려보며 쏘아붙였다. 붉은 입술이 툭! 튀어나올 것처럼.

"가요, 간다고요! 누가 안 간다고 했습니까? 가면 되잖습니까?"

"거참, 왜 소리를 지르고 그래?"

남양이 저만치 보일 즈음, 사도무영과 함께 움직이는 사람은 십여 명에 불과했다.

그나마도 많이 지치지 않은 사람은 광효와 섭장천뿐이었고, 나머지는 정도만 다를 뿐 정상적인 신법을 펼치기가 힘들 정도로 지쳐 있었다.

사도무영은 남양을 지나치던 중 등에 칼을 매고 있는 자가 보이자, 다짜고짜 그를 붙잡고 눈앞에 얼굴을 들이밀었다.

삼류 낭인으로 보였지만, 사도무영이 알고 싶은 것은 그의 신분과 아무런 상관도 없는 일이었다.

"헛! 누구……?"

사도무영은 상대가 놀라든 말든 먼저 질문을 던졌다.

"대응보에 있던 구천신교가 움직이지 않았소?"

광효가 그의 바로 옆에서 광기어린 눈으로 장한을 노려보았다.

무사는 눈을 부라리고 있는 광효를 겁에 질린 표정으로 쳐다보았다.

"아, 아까 미시쯤……."

"어디로 갔소? 혹시 방성 쪽으로 가지 않았소?"

무사는 고개를 끄덕였다. 여전히 시선은 광효를 바라보고 있었다.

"고맙소."

사도무영은 무사를 놔주고 사람들을 돌아다보았다.

"광효대사님과 섭 형님만 먼저 저하고 가지요. 그리고 나머지 분들은 일단 운기를 해서 진기를 가라앉힌 후 따라오십시오. 느닷없이 적과 조우하면 운기할 시간조차 없을 테니까요."

무당의 소명진인이 굳은 표정으로 말했다.

"알겠네. 최대한 빨리 따라가도록 하지."

제3장
하늘도 땅도 붉게 물들고……

1.

광란(狂亂)의 격전(激戰)!

구천신교와 정천맹의 대격돌은 그렇게 표현할 수밖에 없었다.

처음에는 나름대로 차분했다.

완만한 야산 세 개를 뒤덮은 그들이 각자의 작전계획에 따라 움직이며 상대를 향해 밀려갈 때만 해도, 그날의 싸움이 그렇게 흐를 것이라고는 아무도 생각지 않았다.

어쩌면 남쪽에서 올라오는 비구름 때문인지도 몰랐다. 눅눅한 대기가 그들의 살기를 부추긴 것인지도······.

"오만과 독선에 찬 정천맹을 물리치고 현천의 세상을 만들어라!"

스산한 가랑비가 조금씩 대기를 적실 때 북궁마야의 공격 명령이 떨어졌다.

구천신교 쪽에서 일반교도와 마도의 무사들이 먼저 정천맹 무사들을 향해 달려갔다.

"놈들을 쓸어버려라!"

"대지를 놈들의 피로 물들이고 현천의 세상을 만들자!"

쏴아아아아!

빗물에 젖은 풀잎 스치는 소리가 그들의 광기를 더욱 부채질했다.

"정천맹의 맹도들이여! 마도를 물리치고 정의의 세상을 지켜라!"

정천맹 쪽에서도 청무진인의 일성이 울려 퍼졌다.

정의구현이라는 사명감으로 무장한 정천맹 무사들도 가랑비에 젖은 초지를 발로 차고 나아가며 무기를 뽑았다.

선두는 계획대로 벽검산장이 섰다.

좌측은 정천단이, 우측은 대정천과 정천맹의 장로들이 맡았다. 그리고 그들의 뒤를 정천맹의 일반 무사들과 각지에서 몰려온 정파의 협사들이 따랐다.

그들은 철저히 십절진의 형태를 갖춘 채 움직였다.

"와아아아아!"

"마도를 멸하라!"

"정의는 반드시 승리할 것이다!"

"크하하하하! 미친놈들! 세상에 정의 따위가 어디 있단 말이냐! 모두 놈들을 죽여라!"

순식간에 일천오백에 달하는 무사들이 뒤엉키며 상대를 죽이기 위해 혼신을 다했다.

꿰뚫린 심장에서 피분수가 솟구치고, 잘린 팔다리가 여기저기 나뒹굴었다.

죽고, 죽이고, 또 죽이고…….

양편의 무사들은 자신의 것인지 남의 것인지 모를 시뻘건 피로 범벅된 채 상대를 죽이기 위해 달려들었다.

그러던 어느 순간, 구천신교의 무사들이 쫙 갈라지며 혈음사의 혈승들이 튀어나왔다.

"옴 마니 반메 훔, 옴 마니……. 혈불을 받드는 제자들아, 어리석은 중생들에게 지옥을 보여주어라!"

쐐에에엑!

쉬이이이이익!

피를 머금은 동발 백수십 개가 비 내리는 대기를 가르며 일제히 날았다.

순간이었다. 좀 전까지와 다른 공포가 초지를 지배했다. 동발이 훑고 지나가는 십 장 이내가 순식간에 지옥으로 화해버린 것이다.

"벽검산장의 검사들은 혈승들을 막아라!"

기다렸다는 듯 동방력의 일갈이 터져 나왔다.

벽검산장의 검사들은 동발을 막으며 혈승들의 전진을 차단했다.

청룡검사는 개개인이 혈승들보다 강했고, 백룡검사도 혈승에게 뒤지지 않았다.

거기에 용무단이 가세하고, 동방경을 따르는 잠룡단마저 나서서 그들을 막자, 혈음사의 혈승들은 더 전진하지 못하고 주춤거렸다.

"나는 동방경이라 한다! 누가 나를 막을 것이냐!"

동방경이 일성을 내지르며 혈승들 속으로 뛰어들었다.

순간 혈승들 뒤쪽에서 노승이 날아올랐다. 혈음사의 주지인 혈뢰마불이었다.

"옴 마니 반메 훔! 너는 본 부처가 맡아주마!"

벽검산장이 혈음사의 혈승들을 완벽하게 틀어막자, 정천맹 무사들은 용기백배해서 또다시 구천신교 교도들을 압박했다.

"혈승들이 막혔다! 모두 놈들을 쳐라!"

와아아아아!

"승리는 우리 것이다! 정의는 승리할 것이다!"

정천맹의 수뇌들은 그 모습을 보며 고개를 힘차게 끄덕였다.

"벽검산장이 혈음사를 제대로 막아주고 있소이다!"

"처음부터 저들을 앞세운 작전이 주효한 것 같소이다! 전에는 저들에 대한 대처에 소홀했다가 일시에 전선이 무너졌거늘……."
"이제 정천단과 대정천이 좌우를 무너뜨리면 승리는 우리 것이오!"
모두가 승리를 확신한 듯 표정이 밝아졌다.
그때였다. 흑의를 입은 현천백팔마령이 현유의 지휘를 받으며 움직였다.
그들은 빠르지도, 느리지도 않았다. 백팔 명 전원이 현유를 따라서 일정한 속도를 유지한 채 정천단을 향해 밀려갔다.
그리고 북궁악이 웃음 띤 얼굴로 걸음을 옮겼다.
"후후후후, 정말 좋은 날씨군. 아주 좋아."
그때부터 초지 위에 지옥이 펼쳐졌다.

정천맹이 상대를 밀어붙일 것처럼 보인 것은 잠시뿐이었다. 현천백팔마령이 정천단을 치면서부터 상황이 급변하기 시작했다.
그들로 인해 가장 큰 변화는 정천단원들이 공포를 느끼기 시작했다는 것이었다.
하긴 그럴 수밖에 없었다.
검도, 도도, 장력도 그들에게 통하지 않았다.
그들의 몸에 생채기라도 낼 수 있는 사람은 절정의 경지에 오른 고수들뿐이었다. 그나마도 현천백팔마령을 죽이기 전에 그들이 먼저 죽어갔다.

현천백팔마령은 상대를 그냥 죽이지 않았다.

쇠갈고리 같은 손이 심장을 뚫고, 목을 뜯어냈다. 검으로 머리를 쪼개고, 도로 허리를 가르고, 도끼로 팔다리를 잘라냈다.

그들은 무표정한 얼굴로, 상대가 완전히 숨을 멈추기 전까지 손을 썼다.

그들 주위는 한순간에 피범벅이 되었고, 토막 난 시신으로 가득했다.

정천단원들은 사형제들의 처참한 죽음을 보고는 악을 쓰며 달려들었다.

"저 악귀들을 죽여라!"

"사형! 죽일 놈들! 사람을 그렇게 처참하게 죽이다니!"

"지옥의 수라귀 같은 놈들! 죽어!"

하지만 상황은 조금도 나아지지 않았다.

시신은 시간이 갈수록 쌓여만 가고, 가랑비와 함께 스며든 공포가 정천단원들의 정심을 뒤흔들었다.

누구도 몰랐다. 이제 겨우 공포가 시작되었을 뿐이란 걸!

권왕 백리양문은 소풍이라도 나온 사람처럼 다가오는 북궁악을 보고 눈살을 찌푸렸다.

자신에게 패배감을 느끼게 했던 북궁조와 워낙 닮아서 북궁조가 다시 살아나온 줄 알았다.

하지만 북궁조는 사도무영에게 죽었다고 했다. 그리고 북궁조의 쌍둥이 동생이 세상으로 나왔다고 했다.

'저자가 북궁악이란 자군.'

그렇다면 이전의 패배를 설욕할 상대로 적당했다.

"이놈! 네놈은 내가 맡겠다!"

그는 붕새처럼 몸을 날리며 북궁악을 향해 쌍권을 휘둘렀다.

북궁악은 마다하지 않았다. 그는 입가에 매달린 웃음을 지우지 않고 쌍장을 내뻗었다.

두 사람의 권장이 뒤엉키며 대지가 들썩였다.

그러나 그것도 그리 오래가지 않았다.

쾅!

두 기운의 충돌음이 폭음처럼 울리고, 백리양문의 몸이 삼장을 날아가 초지 위에 나뒹굴었다.

백리양문이 북궁악을 공격한지 단 오 초만에 벌어진 일이었다.

'끄윽, 마, 말도 안 돼……. 모두 피해…….'

백리양문은 혼신을 다해 몸을 일으키며 북궁악을 노려보았다.

북궁악이 다시 손을 쳐들었다.

순간 그의 손에서 검은 회오리바람이 일었다. 그리고 곧 백리양문이 피를 뿜어내며 튕겨졌다.

쾅!

"크억!"

"단주!"

"단주를 구하라!"

정천단의 대주 둘이 북궁악에게 달려들었다.
하지만 북궁악은 그들이 막을 수 있는 사람이 아니었다.
콰과광!
폭음이 터져 나오는가 싶더니, 하나는 머리가 박살나고, 하나는 배가 뻥 뚫린 채 뒤로 날아갔다.
북궁악은 단숨에 정천단의 수뇌부를 무너뜨리고 하얗게 웃었다.
"버러지 같은 것들이 감히 내 앞을 막다니. 후후후후!"
나직한 웃음을 흘린 북궁악은 정천맹 수뇌들이 모여 있는 곳을 향해 몸을 날렸다.
십절진의 한 축이 무너진 상태, 거칠 것이 없었다.

한편, 혈뢰마불과 격전을 벌이고 있는 동방경은 자신의 결정을 후회했다.
핏빛 붉은 승포자락을 두른 혈뢰마불은 북궁마야에게 뒤지지 않을 정도로 강했다.
옥룡의 검을 얻지 못했다면 십 초도 상대하지 못했을 만큼 강한 절대고수.
'내가 잘못 생각한 건가?'
자신보다 강한 자는 북궁마야뿐인 것으로 알았다. 그런데 그게 아니었다.
혈음사의 주지인 혈뢰마불도 자신보다 약하지 않았고, 흑의

장포인을 이끌고 나타난 자는 자신조차 간이 떨릴 정도로 강했다.

그 역시 북궁악을 보고 처음에는 북궁조인 줄 알았다. 그런데 자세히 보니 그가 아니었다.

'저자가 북궁악?'

문제는 그가 북궁조보다 더 강한 것처럼 느껴진다는 것이었다. 악랄하기로는 몇 배나 더했고.

대체 구천신교에는 얼마나 많은 고수들이 있단 말인가.

정천맹 편을 들어서 구천신교를 무너뜨린 후 영웅이 되어 용검회를 접수하려고 했거늘. 이 상태가 지속된다면 정천맹이 이긴다는 보장이 없었다.

차라리 구천신교와 손을 잡았다면 정천맹을 쉽게 무너뜨렸을 것이 아닌가.

'빌어먹을!'

그는 입술을 씹으며 혈뢰마불의 공세를 막았다.

어찌 되었든 지금은 잘잘못을 따질 때가 아니었다.

혈뢰마불의 무공은 괴이해서 막기가 쉽지 않았다.

진기는 끈적끈적했고, 밀려드는 방향이 일정치 않았다. 그럼에도 강하기가 만근 바위조차 단숨에 가루로 만들 정도여서 아차하면 한순간에 승부가 뒤집힐지 몰랐다.

2.

대정천 제자들을 이끌고 적의 우측을 막고 있던 제갈신운은 상황이 부정적으로 흐르자 이를 악물었다.

'역시 사도 공자를 기다렸어야 했어!'

사실 그 역시, 압도적으로 이기진 못해도 질 거라는 생각은 하지 않았다. 피해가 너무 커지고, 예상했던 것보다 많은 사람이 죽어갈 거라는 점이 안타까웠을 뿐.

처음에는 생각대로 되는 듯했다. 그런데 곧 상황이 조금씩 바뀌더니, 지금은 예상과 전혀 딴판으로 흘렀다.

그 모두가 흑의장포를 입은 자들과, 그들과 함께 나타난 흑색피풍의를 두른 자 때문이었다.

공포!

그들은 공포를 몰고 다니며 정천맹의 무사들을 벌레 죽이듯 죽였다.

특히 흑색피풍의를 걸친 자, 북궁악은 단 오 초의 격돌로 백리양문을 쓰러뜨릴 만큼 엄청난 강자였다.

과연 자신이 북궁악을 막을 수 있을까?

생각은 길지 않았다.

어림없는 소리.

자신과 백리양문이 승부를 가리려면 최소한 십 초는 싸워야 한다. 그리고 백리양문을 저 상태로 만들려면 이십 초는 지나야 한다.

그런데 북궁악은 단 오 초를 펼쳤을 뿐이다. 나중의 일 초는 굳이 더할 것도 없이.

"천주, 아무래도 맹주를 도와야 할 것 같습니다. 이곳을 부탁합니다!"

그는 요공대사에게 소리쳤다. 요공대사도 상황이 악화되고 있음을 알고 선뜻 승낙했다.

"걱정 말고 가봐라!"

제갈신운은 요공대사의 허락이 떨어지자 곧장 전장에서 몸을 빼 청무진인이 있는 곳으로 날아갔다.

북궁악이 앞을 막는 정천맹의 장로들을 하나하나 무너뜨리며 청무진인이 있는 곳을 향해 다가가고 있었다. 막지 못하면 청무진인이 위험했다.

격전이 일각을 넘어가자 구천신교의 교도들도, 정천맹의 무사들도 피에 미친 살귀가 되었다.

이제 그들이 원하는 것은 오직 하나뿐이었다.

적을 죽이는 것!

정의를 위해서도, 현천의 세상을 위해서도 아니었다. 적을 죽여야 자신이 살기 때문이었다.

초록빛 대지는 시간이 갈수록 더욱 붉어지고, 시신에서 흘러내린 피는 빗물을 따라 흐르며 내를 이루었다.

그 피에는 다가오는 자를 막으며 죽어간 정천맹 장로들의 피도 섞여 있었다.

목불인견(目不忍見)의 참상!

청무진인과 제갈현종은 장로들을 죽이며 다가오는 북궁악을 보며 부릅뜬 눈을 감지 못했다.

"어, 어떻게 이런 일이……."

"맙소사! 저자가 북궁악……?"

아직 북궁마야는 움직이지도 않은 상황. 청무진인과 남궁진명을 비롯한 수뇌 몇 명은 그들을 견제하기 위해 함부로 나서지 못하고 있던 상황이었다.

한데 북궁마야보다도 더 강한 자가 새롭게 나타난 것이다.

사도무영의 경고를 받고도 설마 했거늘!

경악한 그들은 자신들을 향해 유유히 다가오는 북궁악을 노려보았다.

제갈현종이 창백한 표정으로 말했다.

"저자가 바로, 사도 공자가 언급한 자 같습니다, 맹주!"

청무진인은 이를 악문 턱이 으스러져라 힘을 주었다.

그저 하수인 중 하나가 나타난 줄 알았다. 대정천이 온 이상 걱정할 것이 없다 생각했다.

그런데 그게 아니었다.

'저놈을 죽이지 못하면 이 싸움은 우리가 진다!'

이미 십여 명의 장로와 간부들이 그에게 죽은 상황. 그럼에도 악마 같은 놈은 여전히 입가에 냉소를 머금고 있었다.

"얼마나 많은 사람을 죽여야 만족할 것이냐, 이놈!"

쩡!

청무진인은 검을 빼들었다.

"군사는 뒤로 물러서게."

"맹주!"

"만일 내가 죽으면, 즉시 맹도들을 뒤로 물려서 여주로 돌아간 후 후일을 기약하게."

청무진인은 비장한 표정으로 말하고는 북궁악을 향해 발을 떼었다.

부운신법으로 허공을 밟듯이 솟구친 그는 북궁악을 향해 날아가며 일성을 내질렀다.

"이놈! 화산의 검으로 네놈을 징벌하리라!"

남궁진명은 청무진인이 북궁악을 향해 날아가자 다급히 소리쳤다.

"맹주! 조심하십시오!"

그와 청무진인과의 거리는 이십여 장 정도. 그가 소리침과 동시에 청무진인이 북궁악을 향해 검을 뻗었다.

북궁악은 우장으로 청성파의 장로 진양자의 심장을 부수고 좌장은 청무진인을 향해 휘둘렀다.

시커먼 회오리가 청무진인의 검강을 에워싸며 휘돌았다.

콰르르릉!

벽력음이 울리면서 빗방울이 사방으로 비산했다.

반경 삼 장의 땅거죽이 뒤집히고, 땅에 질펀하던 핏물이 거꾸로 튀어 올랐다.

찰나 간에 벌어진 오 초의 격돌!

결국 현천마존기의 가공할 경력을 견디지 못한 청무진인은 숨이 꽉 막히는 충격과 함께 뒤쪽으로 튕겨졌다.

"크크크, 정천맹의 맹주도 별거 없구나."

북궁악은 조소를 지으며 두 손을 들어 올렸다.

그 틈에 남궁진명과 세 명의 장로가 뛰어들며 북궁악의 앞을 가로막았다.

"어림없다!"

"우리도 있다, 악귀 같은 놈!"

청무진인은 그사이 중심을 잡고 검에 자하신공을 주입했다.

아무리 일전의 내상으로 인해 십이성 공력을 다 쓸 수 없다지만 이토록 허무하게 밀리다니.

'오냐! 내 너와 함께 죽으리라!'

목숨을 내던지기로 작정한 청무진인은 혼신의 공력이 실린 검을 앞으로 내밀었다. 그리고 약간의 시간이 생긴 틈을 타서 선천진기마저 끌어 올렸다.

일순간 그의 검첨에서 영롱한 자광이 쭉 뻗었다.

그때 제갈신운이 검과 하나가 되어 날아들었다.

북궁악은 제갈신운의 검세가 청무진인보다 더 강함을 알고 묘한 표정을 지었다.

"제법이군. 그 정도면 내 상대가 될 자격이 있지!"

하얗게 웃은 그는 제갈신운의 검세 속으로 뛰어들며 쌍장을 엇갈려 쳐냈다.

그 어느 때보다 강력한 기운이 그의 쌍장에서 회오리치며 뻗어나갔다.

처음으로 구성의 공력을 쏟아낸 것이다.

콰과광!

제갈신운은 북궁악의 현천마존기를 맞받아치고 뒤로 훌쩍 물러났다.

심장을 쥐어짜는 충격에 목구멍이 콱 막혔다. 하지만 그는 억지로 입을 열어 청무진인에게 소리쳤다.

"맹주! 제가 저자를 막을 동안 맹도들을 물리시지요!"

"으하하하! 그대가 나를 막겠다고? 어디 막아봐라!"

북궁악이 대소를 터트리며 쌍장을 흔들었다.

그때였다. 청무진인이 곧장 북궁악을 향해 신형을 날렸다.

"이놈! 내가 바로 화산의 청무니라!"

생각지 못한 상황에 제갈신운이 대경해 소리쳤다.

"맹주!"

다시 한 번 북궁악과 청무진인의 진기가 격돌하며 대기가 일그러졌다.

콰르르릉! 콰과광!

전과 달리 청무진인은 세 번의 장력을 견뎌냈다.

하지만 그것이 한계였다.

결국 쾅! 하는 단발의 굉음과 함께 청무진인의 몸이 뒤로 훌훌 날아갔다.

제갈신운은 망설이지 않고 북궁악에게 달려들었다. 남궁진명과 세 명의 장로도 죽음을 각오하고 공세에 가담했다.

그렇게 다섯 사람이 북궁악을 상대로 격전을 벌이는 사이 일대는 점입가경의 상황으로 치달았다.

아비규환의 참상이 양쪽 모두를 광기로 물들인 상황. 모두가 지옥의 수렁에 빠진 채 피를 찾아 날뛰었다.

북궁마야는 그 광경을 바라보며 광소를 터트렸다.

"크하하하하! 오늘로써 정천맹은 더 이상 존재치 못할 것이다! 모두 전력을 다해 위선에 물든 저들을 죽여라! 현천의 세상이 눈앞에 닥쳤도다!"

그러고는 마침내 그도 호위무사들을 거느린 채 전장을 향해 뛰어들었다.

"가자! 내 직접 현천의 세상이 도래했음을 만천하에 알리리라!"

북궁악이 다섯 명의 고수와 싸우는 사이, 제갈현종은 재빨리 청무진인의 몸을 끌어안고 뒤로 물러났다.

"맹주! 정신 차리십시오!"

축 처진 청무진인은 기식이 엄엄해서 숨조차 제대로 쉬지 못하는 상태였다.

그때 제갈신운의 목소리가 귀청을 울렸다.

"숙부! 후퇴명령을 내리고, 맹주님과 함께 이곳을 빠져나가십시오! 어서요!"

제갈현종은 청무진인을 안고 이를 악물었다.

몸이 으슬으슬 떨려왔다.

제갈신운의 말대로 후퇴해야 할 때였다.

십절진은 이미 깨진 지 오래, 적의 기세는 용기만으로 막을 수 있는 것이 아니다.

시간이 흐르면 얼마나 많은 사람이 더 죽을지 아무도 모르는 상황. 더 생각할 겨를이 없었다.

"정천맹의 무사들이여! 적을 막으면서 후퇴하라!"

제갈현종은 악을 쓰듯이 외쳤다.

여기저기서 후퇴를 알리는 목소리가 터져 나왔다.

그동안에도 제갈신운은 남궁진명 등과 함께 북궁악을 막았다.

"크하하하하!"

북궁악은 광소를 터트리며 현천마존기를 뿌려댔다.

콰아아아아!

"크윽!"

다섯 사람 중 남궁진명이 먼저 북궁악의 공세를 견디지 못하고 뒤로 날아갔다.
"내가 막을 동안 뒤로 물러나시오!"
제갈신운이 소리치며 북궁악을 향해 전력을 다한 공격을 펼쳤다.
세 명의 장로들도 내상이 깊은 상황. 그들은 남궁진명을 옆구리에 끼고 정신없이 뒤로 물러났다.
제갈신운은 전력을 다해 삼 초의 공격을 펼친 후 뒤로 날아갔다.
숨이 턱턱 막히고, 몸이 천근만근 무거워졌다. 하지만 그는 혼신을 다해 북궁악에게서 멀어졌다.
멈추면 끝장이었다. 남은 공력으로는 북궁악의 이삼 초도 막을 수 없을 것이었다.
북궁악은 그를 쫓지 않고 하얀 웃음을 지었다.
"후후후후후! 벌레 같은 놈들!"
서둘러 쫓을 이유가 없었다.
자신은 하늘이다. 하늘이 뭐가 두려워 벌레 같은 자들을 쫓아다닌단 말인가.
하늘에서 내려다보다가, 달려들면 그때 죽여주면 될 것이 아닌가.
"와하하하하, 천하는 곧 나를 섬기게 될 것이다!"
북궁악은 천천히 걸음을 옮겼다.
그의 일보를 막기 위해 정천맹 무사들이 목숨을 던지며 달려들었다.
"악마 같은 자! 어디 나도 죽여 봐라!"
"하늘이여! 정천맹을 보호하소서!"
그는 정천맹 무사들을 하나하나 쳐 죽이며 하얗게 웃었다.
"죽고 싶다면 한 놈도 남김없이 모두 죽여주마!"

3.

 구천신교는 정천맹을 삼백여 장 가량 쫓다가 멈추었다. 그리고 다시 뒤로 돌아와 전장을 수습했다.
 일부는 부상자들을 돌보고, 일부는 시신들을 둘러보며 자파 사람 중 주요 인사의 시신을 찾아내 한 곳에 모았다.
 개중에는 정천맹 무사의 시신을 뒤져 값나가는 물건을 챙기는 자도 있고, 마음에 드는 무기를 거두는 자들도 있었다.
 하지만 누구도 그들을 말리지 않았다. 전장에서 전리품을 거두는 일은 당연한 일이었고, 살아남은 자들에게는 전리품을 가질 자격이 있는 것이다.
 그 사이, 북궁마야가 있는 곳으로 구천신교와 혈음사, 각 마도문파의 주인과 간부들이 모두 모여들었다.
 남양을 떠나올 때에 비하면 숫자가 이 할 정도 줄어들어 있었다. 그러나 북궁마야는 그 정도의 손실에 만족했다.

정천맹에 비하면 양호한 상태였다. 정천맹은 사 할 이상 줄어들었으니까.

"피해는?"

신유조가 파악한 피해를 보고했다.

"혈음사의 혈승들이 서른세 명 죽고, 본 교의 교도와 마도 오파의 무사들이 오백 가량 죽었습니다."

북궁마야의 입가로 웃음이 번졌다. 수백의 죽음쯤은 안중에도 없다는 듯.

'후후후후, 마불의 기가 많이 죽었군.'

그는 표정이 굳어 있는 혈뢰마불을 보고 속으로 웃음을 지으며 계속 물었다.

"부상자는?"

백사청이 재빨리 끼어들어서 자신의 존재를 알렸다.

"천이백 정도 됩니다. 그 중 당장 움직이기 힘든 자는 사백 정도이고, 팔백은 간단한 치료를 받으면 함께 갈 수 있을 것입니다, 사부님."

북궁마야의 눈이 현유를 향했다.

"현천백팔마령의 피해는 어느 정도냐?"

"열아홉이 소모되었습니다, 사부님."

그때 북궁악이 말했다.

"맹주라는 자도 곧 죽을 겁니다, 아버님."

"호오, 그래?"

"현천마존기가 심장을 관통하는 걸 느꼈습니다. 후후후, 아마 일각을 버티지 못하고 심장이 터질 겁니다."

"흐음, 그거 기분 좋은 소식이군."

정천맹에 가장 많은 피해를 입힌 것은 혈음사의 혈승도, 현천백팔마령도 아니었다.

단 한 사람, 북궁악이었다. 그에게 중심부가 무너지면서 결국 정천맹은 견디지 못하고 후퇴한 것이다.

사람들은 그걸 알기에 경의와 두려움에 찬 눈으로 북궁악을 쳐다보았다.

북궁마야는 마음에 들지 않는 것이 몇 가지 있었지만, 북궁악이 그의 예상보다 강하다는 걸 확인했기에 작은 불만은 흔쾌히 털어내 버렸다.

"좋아, 모두 가서 전열을 가다듬어라. 여주까지 빼앗은 후 휴식을 취할 것이다!"

늘어서 있던 구천신교와 마도의 무리를 이끄는 수장들이 일제히 허리를 굽혔다.

"예, 대교주!"

"급히 쫓을 필요는 없다. 쥐도 궁지에 몰리면 고양이를 문다지 않더냐. 느긋이, 천천히 뒤를 쫓도록 해라. 초조해지고 지쳐서 스스로 무너질 때까지. 후후후후."

어차피 정천맹은 당장 지원받을 곳이 없었다. 기껏해야 여주 총단에 남아 있는 인원이 전부였다.

소림과 황보가만이 하루거리에 있을 뿐, 구파오가의 나머지 문파 무사들이 본산과 본가에서 몰려오려면 시간이 며칠은 걸릴 테니까.

 반면 구천신교는 싸움이 끝난 지금도 마도무사들이 끼어들기 위해 계속 몰려들고 있었다.

 아마 첫 번째 싸움에서 승리했다는 게 알려지면 눈치만 보던 자들도 달려올 것이었다.

 "여주의 정천맹 총단에서 놈들을 끝장내고 승리의 술잔을 기울이도록 하자!"

 와아아아아!

 "현천의 세상을 위하여!"

4.

 방성이 저만치 보일 무렵. 청무진인을 업고 가던 팽기진이 제갈현종을 급히 불렀다.

 "군사, 맹주께서 부르십니다."

 제갈현종은 팽기진의 옆으로 다가갔다.

 "맹주, 부르셨습니까?"

 청무진인은 파르르 떨리는 눈을 겨우 뜨고 입을 열었다.

 "아무래도 안 되겠…….

"맹주, 조금만 참으십시오. 놈들의 추적이 없으니 곧 쉴 수 있을 겁니다."

"아니……, 더는……. 군사……, 당분간……, 맹주령을……, 천유검에게……."

"맹주!"

"모두에게 미안하다고……. 그의 말을……, 들었어야……."

순간이었다. 억지로 말을 잇는 청무진인의 입에서 선홍빛 선혈이 폭포수처럼 쏟아졌다.

제갈현종이 급히 팽기진을 멈춰 세웠다.

"팽 장로, 잠시만 멈추시게!"

청무진인의 말을 듣고 있던 팽기진은 그 말이 떨어지자마자 걸음을 멈추고 청무진인을 조심스럽게 내려놓았다.

그들이 갑자기 걸음을 멈추자, 제갈신운을 비롯한 대정천 사람들과 정천맹의 주요 간부, 강호의 원로들이 모두 그 곁으로 모여들었다.

"맹주!"

제갈현종이 통곡하듯이 소리쳤다.

요공대사가 제갈현종 곁으로 다가오며 다급히 물었다.

"어떻게 된 일이오, 군사!"

"맹주께서……, 맹주께서 운명을 달리하셨소이다. 크흑!"

"이, 이런……. 아미타불, 관세음보살……."

요공대사는 눈을 감고 염불을 외웠다.

"맹주!"

"맙소사, 맹주께서 돌아가시다니……."

모두가 허탈한 표정으로 젖은 풀 위에 눕혀진 청무진인을 둘러싸며 안타까워했다.

거리가 먼 곳에 있던 사람들도 상황을 유추하고 어깨가 축 늘어졌다.

하지만 언제까지 그러고 있을 수만은 없는 일이었다. 뒤에서 구천신교가 쫓아오고 있는 상황이 아니던가.

제갈현종은 이를 악물고 자리에서 일어나 주위를 둘러보았다.

"맹주께서, 천유검 제갈신운에게 맹주령을 전했소이다! 비록 정식 맹주에 추대된 것은 아니나, 비상시인 만큼 모두 협조해주시기 바라겠소이다!"

몇 사람이 그 와중에도 불만스런 표정으로 물었다.

"진정 맹주령을 천유검에게 맡긴다 하셨소이까?"

"정확한 말씀이시오, 군사?"

팽기진과 그의 옆에서 함께 달리던 황보상이 제갈현종의 말을 확인해주었다.

"맹주께선 확실히 그렇게 말씀하셨습니다!"

"하늘에 맹세코 우리의 말에는 거짓이 없습니다!"

제갈현종의 말에 의심을 품었던 자들은 슬그머니 고개를 돌리고 입을 다물었다.

때를 놓치지 않고 제갈현종이 소리쳤다.

"더 이상 물어볼 분이 없다면, 맹주님의 유언대로 맹주령을 천유검에게 넘기겠소이다!"

군웅들이 모두 제갈신운을 바라보았다.

배분을 따지면 그보다 높은 사람이 많았다. 하지만 그보다 강한 사람은 아무도 없었다.

더구나 그는 제갈세가의 사람이며, 차후 대정천의 천주가 될 사람으로 알려지지 않았던가.

정천맹의 존망이 걸린 현 상황에서는 그 누구보다 적임자인 사람이 바로 그였다.

"맹주를 뵈오이다!"

"우리를 이끌어 주시오, 맹주!"

"맹주!"

둘러싸고 있던 사람들이 허리를 숙이며 외쳤다.

뒤쪽에서 어리둥절하던 사람들도 그제야 상황을 알고, 포권을 취하며 일제히 한쪽 무릎을 땅에 댔다.

느닷없는 상황에 제갈신운의 표정이 굳었다.

그러나 그는 당황하지 않고 침착하게 입을 열었다.

"맹주이신 청무진인께서 돌아가시며 저에게 과한 짐을 얹으셨습니다! 아직 그럴만한 사람이 아니라는 걸 저 자신이 잘 압니다! 하나 마다하지 않을 생각입니다! 구천신교를 물리치고, 청무진인의 염원대로 세상에 정의가 바로 설 그날까지! 저 제갈신운은 목숨을 바쳐 검을 들 것입니다! 모두 힘을 내서 저와 함께 정의를 지킵시다!"

들뜨지도 않고, 지나치게 비감에 젖지도 않은 차분한 말투.

제갈신운의 힘찬 목소리가 넓게 퍼져나갔다.

허리를 세우고 어깨를 편 군웅들은 일제히 손을 높이 들었다.

"맹주와 함께 정의를 지키자!"

"목숨을 바쳐!"

"청무진인의 염원을 이루자!"

"이길 수 있다! 힘을 내서 마도를 물리치자!"

한순간에 분위기가 바뀌었다.

모두가 그 상황을 반겼다.

그들은 아는 것이다. 청무진인의 죽음이 슬프긴 하지만, 지금은 슬픔에 젖어 있을 때가 아니라는 걸.

구천신교의 야욕을 막아내지 못하면, 집안이, 사문이 무너질지 모르는 상황. 슬퍼하기보다는 힘을 합쳐 구천신교를 막아내는 게 먼저다.

하기에 억지로라도 힘을 내야하는데, 제갈신운의 말은 그들의 바람에 불을 지른 셈이었던 것이다.

제갈신운은 칙칙하던 분위기에 열기가 일어나자 군웅들을 향해 명을 내렸다.

"방성을 그냥 지나칠 것입니다! 여주까지 바로 갈 것이니 모두 각오를 단단히 하시고, 휴식시간이 주어질 때마다 몸을 다스리는데 주력해 주시기 바랍니다!"

5.

 정천맹 연합세력은 방성을 그대로 지나쳐 곧장 여주로 향했다.
 벽검산장의 사람들도 그들을 따라 후퇴했다.
 그들의 얼굴은 바윗덩이처럼 굳은 상태였다.
 자신만만하게 혈음사의 혈승들을 막았다. 대정천 대신 정면을 택한 것은 괜찮은 선택이었다. 혈음사의 혈승들은 자신들의 방어막을 뚫지 못했고, 혈승을 반으로 줄이면서 정천맹의 그 어느 곳보다도 혁혁한 공을 세웠으니까.
 하지만 그것뿐이었다.
 혈음사의 혈승 반을 죽이기 위해 동방가의 검사 백여 명이 희생되었다.
 개중에는 동방주승도 있었고, 청룡검사도 넷이나 끼어 있었다. 거기다 살아남은 사람 반 이상이 크고 작은 부상을 입은 상태였다.
 단 한 번의 싸움에 동방가의 전력 삼 할이 줄어든 상황.
 더 큰 문제는, 그러고도 전체적인 싸움에서 패했다는 것이었다.
 가문의 수많은 검사를 잃고 공을 세웠거늘, 공을 인정받기는커녕 쫓기는 신세가 된 것이다.
 특히 동방경은 자신이 처한 상황을 믿을 수가 없었다.
 하루 전만 해도 천하에 우뚝 선 영웅의 꿈을 꾸던 그가 아닌

가. 한데 어쩌다 이런 상황이 되었단 말인가. 피에 절은 채 비를 맞으며 도망치는 신세라니!

'이대로 쫓기면 결국 구천신교에 패하게 된다! 그 전에 뭔가 수를 내야 해!'

유시를 넘어 술시에 들어서자 비가 그쳤다.

계곡을 따라 이동하던 정천맹 사람들은 노산을 백 리 가량 남겨놓고 제법 넓은 분지가 나오자 걸음을 멈췄다.

방성을 지난 지 두 시진이 지난 시각. 어둠이 몰려오고 있었다. 맹도 대부분이 지친 상태인 만큼 잠깐 휴식을 취해야 할 것 같았다.

비영당과 정첩당 무사들이 오 리 간격으로 늘어진 채 구천신교의 추적을 감시하고 있는데, 구천신교는 정천맹과 오십 리 간격을 두고 천천히 추격해 오는 중이라 했다.

밤이 되면 추적이 더욱 늦어지든, 아니면 멈출 가능성도 있으니 적에게 꼬리를 잡히지는 않을 것이었다.

"오래 쉴 수는 없습니다. 밤을 새서라도 여주로 가야 합니다. 한 시진 동안 쉬어갈 것이니 운기를 하면서 힘을 되찾으십시오."

제갈신운의 말에 모든 사람들이 침중한 표정으로 고개를 끄덕였다.

벽검산장의 검사들은 한쪽에서 그들끼리 휴식을 취했다.

동방경은 휴식 시간을 틈 타 동방력과 동방주천을 향해 말했다.

"아버님, 조부님, 이 상태로 계속 쫓겨 다닐 수는 없지 않습니까?"

동방력이 눈살을 찌푸리고 되물었다.

"그럼 어쩌잔 말이냐? 돌아서서 구천신교 놈들 속으로 뛰어들잔 말이냐?"

"정천맹과 계속 함께 움직일 필요는 없을 거 같습니다만."

"이 상태에서 정천맹과 헤어지면 천하가 우리를 욕할 거다. 제기랄!"

동방력의 입에서 쌍소리가 흘러나왔다. 평소의 그였다면 상상도 할 수 없는 말투였다.

하지만 동방경은 일절 신경 쓰지 않고 자신의 생각만 말했다.

"만일 우리마저 떨어져 나가면 정천맹은 여주의 총단까지 내줘야 할 것입니다."

"당연히 그렇게 되겠지."

"그럼 구천신교가 강호의 최대 세력이 되는 것은 물론이고, 머잖아 천하가 그들의 발아래 무릎을 꿇게 될 것입니다."

"정천맹이 무너진다고 해서 구대문파와 오대세가마저 무너지는 것은 아니다. 그들이 두고 보지 않을 것이다."

"그들만의 힘으로는 구천신교를 어떻게 할 수 없습니다. 어찌어찌해서 힘을 합친다 해도 불가능하고, 구천신교가 보고만 있지도 않을 것이고 말이지요."

동방력의 눈매가 가늘어졌다. 동방경이 자꾸 그런 말을 할 때는 뭔가 이유가 있을 것이었다.

"무슨 말을 하고 싶은 거냐?"

동방경은 주위를 둘러본 후 나직이 말했다.

"본가가 구천신교와 싸우는 목적이 뭡니까? 정천맹을 도와서 정의를 지키기 위해서입니까?"

아니다.

"순우가를 밀어내고 용검회의 하늘이 된 후 천하의 중심이 되자는 것 아니었습니까?"

사실이 그렇다.

"한데 지금 상태로는, 천하의 중심은커녕 존망을 걱정해야 할 판입니다. 본가가 이렇게 무너질 수는 없지 않습니까?"

당연하다. 그동안 얼마나 많은 노력을 기울였는데 이대로 무너진단 말인가.

"어디 네 생각을 말해봐라."

동방경은 동방력의 눈을 직시한 채 힘을 주어 말했다.

"이대로 무너질 것인지, 아니면 모든 꿈을 포기하고 순우가에 고개를 숙일 것인지, 그도 아니면 새로운 세상을 만들고 그 중심에 설 것인지, 한 번쯤 생각해 볼 문제라고 봅니다. 결정을 내려주십시오, 아버님."

동방력은 동방경을 바라보았다. 그제야 동방경이 무슨 말을 하려는 것인지 확실하게 안 것이다.

"세상 사람들이 손가락질할 것이다."

"사람들은 가뭄이 들거나 홍수가 나면 하늘을 향해 욕하며 손가락질을 합니다. 그래놓고도 풍년이 들면 하늘에 감사의 절을 합니다. 그게 바로 이 땅에서 살아가는 사람들입니다. 그러니 사람들의 간사한 마음은 신경 쓸 것 없습니다. 정천맹과 헤어진 후 순우가에 영원히 고개를 숙이고 살아갈 생각이십니까? 구천신교와 동귀어진하겠습니까? 그게 아니라면, 이 상황에서 우리에게는 하나의 선택밖에 없습니다, 아버님."

이를 악다문 동방력은 눈을 감았다.

멸문과 굴욕보다는 번영이 백 번 낫다. 하지만 그러기 위해선 한 가지를 버려야 한다.

'가문의 번영을 위해서 지금껏 몇 번이나 세상을 속여 왔다. 한 번 더 속인다 해서 무엇이 문제랴.'

그는 천천히 눈을 뜨고 동방주천을 바라보았다.

동방주천은 입을 꾹 다물고 있었는데, 그 역시 갈등이 많은 듯했다.

"아버님, 경아의 말을 어떻게 생각하십니까?"

동방주천은 눈을 감았다 뜨고는 동방력을 응시했다.

"가주는 너다. 네가 결정을 내리면 우리 동방가의 사람들은 네 말에 무조건 따를 것이니라."

동방력은 심호흡을 한 번 하고 동방주천과 동방경을 둘러보았다.
 "저는……, 가문의 번영을 택하겠습니다."

제4장

청룡안(青龍眼)과 홍학령(紅鶴鈴)

1.

 남양을 지나친 사도무영과 광효와 섭장천은 사람들이 놀라든 말든 상관하지 않았다.
 한시가 급한 상황. 간간이 길을 물어볼 때만 멈추고 방성을 향해 날듯이 달려갔다.
 사도무영 일행이 이십 리쯤 달렸을 때였다. 개방의 제자로 보이는 거지가 관도 한쪽에 쪼그리고 있는 게 보였다.
 사도무영은 즉시 걸음을 멈추고 거지에게 다가갔다.
 "개방의 제자요?"
 거지는 사도무영과 광효와 섭장천을 재빨리 훑어보더니 넌지시 물었다.

"혹시 사도 소협?"

"그렇소. 사도무영이오. 상황은 어떻게 되었소."

"구천신교의 무리가 몰려간 지 두 시진이 넘었습죠. 지금쯤 싸움이 벌어졌을 겁니다요."

사도무영은 이를 지그시 악물었다.

두 시진. 짧은 시간이 아니었다. 개방제자는 지금 싸움이 벌어졌을 거라고 말하지만, 이미 끝났을 수도 있었다.

"정천맹 쪽에서 별다른 이야기는 없었소?"

"그들은 저희에게 중요한 이야기는 하지 않는지라……."

어제오늘의 일이 아니었다.

한심하다는 생각과 함께 짜증이 났다. 지금처럼 중요한 시기에도 개방을 무시하다니.

"우리는 즉시 방성으로 달려갈 거요. 혹시 뒤따라오는 사람 중 무당파나 우리 일행으로 보이는 사람이 있거든 길을 인도해주시오."

"알겠습니다요, 소협."

사도무영 일행은 아무 말도 없이 걸음만 빠르게 옮겼다.

그런데 방성을 이십오 리 정도 남겨놓았을 때였다. 저 멀리 하늘에 가득 떠 있는 까마귀 떼가 보였다.

얼굴이 석상처럼 굳어진 세 사람은 묵묵히 그곳을 향해 다가갔다.

오 리나 갔을까, 그들이 완만한 언덕을 넘은 순간이었다. 가랑비가 내리는 초지 위에 널려 있는 시신들이 눈에 들어왔다.
 바람이 그들 쪽으로 불어오자, 피비린내가 코를 찔렀다.
 세 사람은 누구도 입을 열지 않았다.
 대체 얼마나 많은 사람들이 죽은 걸까?
 구천신교의 교도들도 있고, 정천맹의 맹도들도 있었다. 간간이 혈음사의 혈승도 보였고, 벽검산장의 검사도 있었다.
 대충 살펴봐도 일천이 훌쩍 넘는 숫자. 그런데 구천신교보다 정천맹 쪽 무사의 시신이 훨씬 더 많아 보였다.
 "정천맹이 밀렸군."
 섭장천이 무거운 목소리로 말했다.
 굳이 숫자를 따질 필요도 없었다. 구천신교가 남쪽으로 내려오지 않았다. 싸움이 아직 끝나지 않았다면, 그들이 유리한 방향으로 전개되고 있다는 뜻이었다.
 문제는, 정천맹이 어느 정도 밀리고 있냐는 것이었다.
 '대정천이 참여했는데도 그들을 막지 못하다니.'
 이곳의 결과만 봐선 상당히 큰 차이로 밀렸다.
 죽은 사람의 숫자도 많지만, 구천신교 쪽보다 정천맹 쪽 시신에 고수들이 많이 섞여 있는 것이다.
 특히 처참하게 훼손된 시신은 북궁악과 백여 명의 흑의인들을 떠올리게 했는데, 그들에게 당한 사람만 수백 명이나 되었다.
 '그렇게 조심하라고 했거늘……. 제길!'

이를 악문 사도무영의 이마가 구겨졌다.
왠지 모르게 짜증이 났다. 속이 부글부글 끓었다.
이런 꼴을 당하려고 자신을 따돌렸단 말인가!
"어떻게 할 생각이냐?"
불쑥, 광효가 북쪽을 노려보며 물었다.
"일단 방성으로 가보지요. 개방의 제자를 찾아서 정확한 상황을 알고 난 다음 움직여야겠습니다."
사도무영도 북쪽을 바라보며 답했다.
이미 벌어진 일로 왈가왈부해 봐야 소용없는 일이었다. 자신은 자신이 해야 할 일을 해야 했다.
바로 그때, 백여 장 가량 떨어진 북쪽 언덕 뒤에서 움직이는 사람이 보였다.
언덕으로 인해 머리만 보였는데 두 사람이었다.
'응?'
사도무영은 그들을 보고 그 자리에서 위로 날아올랐다.
두 사람이 좀 더 확실하게 보였다. 그들이 걸친 특이한 옷까지.
누런 금포를 걸친 두 사람, 금포쌍괴였다.
사도무영은 허공에서 그대로 방향을 틀어 두 사람을 향해 날아갔다.
그가 금포쌍괴를 향해 빠르게 다가가자, 뒤늦게 그를 발견한 금포쌍괴는 눈을 휘둥그렇게 뜨고 반가워했다.
"이게 누구야!"

"자네가 여기에 웬일인가! 허허허, 반갑구먼!"

"여기에는 어떻게 오신 겁니까?"

무이자가 사도무영을 뒤따라온 광효와 섭장천을 힐끔 쳐다보고 입을 열었다.

"정천맹이 구천신교와 건곤일척의 격전을 벌인다고 해서 왔지. 그런데 이미 싸움이 끝났지 뭔가. 혹시 살아있는 사람이 있나 찾아보는 중인데……."

그 와중에 금붙이도 좀 찾아보고.

물론 그 말은 하지 않았다. 그 말을 하면 사도무영이 자신들을 금만 아는 무식한 사람으로 생각할지 몰랐다.

"살아있는 사람이 있습니까?"

무비자가 흠칫, 어깨를 떨며 고개를 저었다.

"몇 있었는데, 그들도 죽었어. 정말 지독할 정도로 철저히 죽였군. 부상당한 사람들에게도 손을 쓴 것 같아."

무이자가 주위를 둘러보며 나직한 목소리로 말했다.

"어쩌면 그게 나을지도 모르지. 고통으로 신음하다 죽어갈 바에는……."

옳은 말일지도 몰랐다. 그래서 더 참담하고 가슴이 아렸다.

"상황이 어떻게 되었는지 아십니까?"

"자세히는 모르고, 정천맹이 구천신교에 밀려서 계속 후퇴하는 중인 것 같아. 아마 이대로 여주까지 밀리지 않을까 싶어."

무이자의 말에 사도무영은 북쪽을 바라보았다.

지금쯤 어디까지 갔을까?
섭장천이 주위를 둘러보며 나직이 말했다.
"아우 말대로 방성에 가보세. 그곳에 가면 뭐든 알게 되겠지."
현재로서는 다른 방법이 없었다.
"그러지요. 두 분은 어떻게 하실 겁니까?"
사도무영이 금포쌍괴를 바라보며 물었다.
금포쌍괴는 손을 탈탈 털더니 당연하다는 표정으로 사도무영을 바라보았다.
"그야 자네와 함께 가야지."
"저와 함께 다니면 위험할지 모릅니다."
"클클클, 걱정 말게. 정 안 되겠으면 알아서 뛸 테니까."

2.

사도무영 일행은 금포쌍괴와 함께 방성으로 달려갔다.
짙은 구름으로 인해 석양 대신 어스름이 밀려들기 시작한 방성은 쥐죽은 듯 조용했다.
정천맹의 사람들도, 구천신교 쪽 사람들도 보이지 않았다.
사도무영은 어두워지기 전에 일단 개방제자를 찾아보았다.
찾는 것은 어렵지 않았다. 구천신교는 방성을 지나쳐 곧장 정천맹의 뒤를 쫓아 북상한 상태. 방성에 남았던 개방의 거지들 중 상당수가 그대로 있었다.

사도무영은 새끼거지를 하나 붙잡고 방성에서 제일 지위가 높은 거지가 누구인지 물었다.

새끼거지는 사도무영에게 은자 한 냥을 받고도 입을 열지 않았다.

"협의를 추구하는 개방의 거지는 금전에 흔들리지 않습죠. 그래도 은자는 잘 쓰겠습니다요."

제법 장래가 엿보이는 새끼거지였다. 하지만 사도무영은 새끼거지의 장래를 생각할 여유가 없었다.

"철표개 어르신과 만소개 형이, 필요하면 개방의 제자에게 부탁하라고 했소이다. 급하니 말해 주시오."

새끼거지는 두 사람의 이름을 듣고 망설였다.

"어떻게 그분들을……?"

아냐고?

"나는 사도무영이라고 하오. 아, 철표개 어르신은 사영이라고 말했을지 모르겠소."

그제야 새끼거지는 눈을 동그랗게 떴다.

"진즉 말씀하시지 그랬습니까요!"

그새 자신의 이름이 그렇게 알려졌나 싶을 정도의 반응이었다.

"어느 분이 방성의 개방제자를 총괄하고 있소?"

"따라오십쇼, 제가 안내해 드립죠."

새끼거지는 사도무영 일행을 끌고 방성의 골목 안으로 들어갔다. 그리고 곧 거적으로 만들어진 움막 안으로 사도무영을 안내했다.

개방 장로 소구개(小狗丐)는 움막 안으로 들어오는 사도무영 일행을 둘러보았다.
'호남의 섭장천, 섬서의 광승에다가 금포쌍괴까지……, 정말 묘한 일행이군.'
강호에 널리 알려지지는 않았지만, 사도무영이라는 이름은 개방제자들에게 있어서 가장 유명한 이름 중 하나였다.
꼭 철표개와 만소개가 그와 친하다고 해서 그런 것이 아니었다.
정천맹과 구천신교가 대규모로 부딪친 곳에서 그의 이름을 듣는 것은 어렵지 않았다.
그 와중에도 정천맹은 그의 이름을 쉬쉬하며 평가절하했지만, 개방의 제자들은 그가 무슨 일을 했는지 다 알고 있었다.
소구개 역시 방성의 책임자로 있으면서 그의 이름을 귀가 따갑게 들었던 터였다.
'제갈신운은 이자가 없이 구천신교를 치면 안 된다고 했다지?'
그런데 결국은 사도무영이 없는 상태에서, 그것도 저 남쪽으로 내려 보낸 상태에서 구천신교와 부딪쳤다. 그리고 패해서 도주하고 있는 상황이 되어버렸다.

씁쓸했다. 하지만 어쩌랴, 이미 벌어진 일이거늘.
'오만이 결국 이런 결과를 가져온 거지.'
소구개는 씁쓸한 입맛을 다시며 사도무영에게 물었다.
"뭘 알고 싶은 건가?"
"정천맹의 현재 상황과 구천신교의 추적에 대해서 알고 있는 게 있으면 말해 주십시오."
소구개는 망설이지 않았다.
"구천신교에 밀린 정천맹은 이곳을 지나쳐서 곧장 노산 쪽으로 올라갔네. 그리고 구천신교가 반 시진 뒤에 그들의 뒤를 쫓아갔지."
"지금 어디 있는지는 모르십니까?"
"잘은 모르겠고, 내일 아침까지는 노산에 도착하지 않을까 싶군. 노산은 산지가 험하고 넓어서 그곳에만 무사히 도착하면 잠시 숨을 돌릴 수 있을 거네."
"여기서 노산까지 얼마나 됩니까?"
"이백 리 정도 될 거네."
'후우.'
한숨이 나왔다. 그렇게 다급히 달려왔는데도 아직 이백 리를 더 가야 하다니.
그때 소구개가 말했다.
"맹주께서 돌아가신 걸 아나?"
사도무영은 물론 뒤에 있던 광효와 섭장천의 얼굴도 굳어졌다. 금포쌍괴는 눈만 껌벅거리고.

"청무진인께서 돌아가셨단 말씀입니까?"

"그렇다네, 공자. 군사께서 겨우 구하긴 했는데, 얼마 안 되어서 숨을 거두었다고 하더군."

"부맹주와 군사는 어떻게 되었습니까?"

"부맹주께선 내상이 극심하고, 군사께선 별 내상을 입진 않았지만 이번 패배로 심적 타격이 큰 것 같네."

"그럼 지금 그들을 누가 이끌고 있습니까?"

"천유검 제갈신운 대협이 이끌고 있지. 청무진인께서 돌아가시기 전에 맹주령을 천유검에게 넘겼거든."

그나마 다행이었다. 그러면 무리한 일을 벌이지 않을 테니까.

또한 그러면 자신이 어떻게 움직일 것인지 조금이나마 짐작할지 몰랐다. 그럼 그에 맞게 적을 상대할 것이고, 그만큼 구천신교를 상대로 오래 버틸 수 있을 것이었다.

사도무영은 희망을 가지고 소구개에게 말했다.

"지금 즉시 여주의 총단에 연락을 취할 수 있겠습니까?"

"그야 물론이네. 마침 확보해놓은 전서구가 두 마리 있지. 정 안 되겠으면 전서개를 보내면 되고."

"그럼 부탁 하나 합시다. 최대한 빨리, 제갈 대협 앞으로 제 말을 전해주라 하십시오."

3.

 황산에 가려져 그 아름다움이 많이 알려져 있진 않지만, 삼경산 역시 천하절경으로 손색이 없었다.
 또한 절경이 많은 만큼 산줄기가 험했다.
 풍허도인은 조화설을 업은 망혼진인과 적소연을 삼경산 안쪽으로 안내했는데, 산길이 어찌나 험한지 풍허도인이 고의로 고생시키려는 것이 아닌가 의심이 들 정도였다.
 어쨌든 그렇게 험악한 산길을 따라 십 리쯤 들어가자 작은 산신당이 보였다.
 산신당은 거대한 암봉 이십여 장 높이에 세워져 있었는데, 올라가려면 쇠줄을 잡고 올라가야 했다. 그 정도야 세 사람에게는 장애라 할 것도 없었지만.
 "여기서 기다리게. 내가 올라갔다 올 테니까."
 풍허도인은 망혼진인과 적소연을 암봉 밑에서 기다리게 하고는 산신당으로 올라갔다.
 두 사람이 힘들까 봐 걱정돼서 그런 것이 아니었다. 구오자는 사람들이 오는 것을 무척 싫어했다. 만약 안에 있다면 미리 말해놓지 않을 경우 들어가지도 못하고 쫓겨날지 몰랐다. 아니면 어디로 도망가 버리든지.
 얼마나 지났을까, 산신당에서 제법 짙은 연기가 모락모락 피어났다.

"풍허! 무슨 일이야?"

망혼진인이 소리쳐 물었다.

풍허도인이 고개를 내밀더니 간단하게 대꾸했다.

"구오자가 살아 있으면 이 연기를 보고 올 거야. 조금 기다려 보자고."

구오자가 나타난 것은 세 시진이 흐른 후였다.

"왜 또 온 거냐?"

"킬킬킬, 아직 살아있다니 반갑군."

"나는 미친 말코가 조금도 반갑지 않아."

"잔소리 말고 환자나 좀 봐주게."

"흥, 어떤 환자가 있는지 몰라도 당장 말코부터 죽게 생겼군."

"킬킬킬, 그래도 걱정은 되나 보군."

"누가 걱정되어서 그러느냐? 송장 치우는 게 귀찮아서 그러지."

풍허도인은 그래도 기분이 좋은 듯 킬킬거리며 망혼진인을 불렀다.

"이리 데려와 보게."

망혼진인은 조화설을 업고 구오자와 풍허도인 앞으로 왔다.

"구화산에 사는 망혼이라는 엉터리 말코네."

구오자의 눈이 가늘어졌다. 망혼진인의 기운이 예사롭지 않

않고 그들 쪽으로 달려갔다.

도망갈 작정으로 구천신교의 사람으로 오해받을 만한 것은 모두 배제한 복장이다. 저들이 정말 정천맹 사람이라 해도 자신이 구천신교 사람이라는 걸 알아보지 못할 것이었다.

쫓아오는 호령위가 자신의 정체를 밝힐지 모르지만 상관없었다.

정천맹과 전쟁을 벌이는 구천신교의 사람이 같은 교도에게 쫓기며 구원을 청한다는 것 자체가 믿기 어려운 일일 터. 그 정도는 속여 넘길 수 있었다.

더구나 튀어 오른 진창으로 범벅이 된 옷, 비에 젖어 엉망이 된 모습이었다. 누가 봐도 악한에게 쫓기는 여인의 모습.

달려오는 자들 중에는 여인도 끼어 있었다. 여인의 마음은 여인이 알아주는 법이 아니던가.

달려가며 결정을 내린 그녀는 그들과의 거리가 삼십여 장으로 가까워지자 소리쳤다.

"도와주세요!"

달려오던 자들이 멈칫하며 자신을 바라본다.

여화란은 더욱 처량한 목소리로 소리치며 달렸다.

"저들이 저를 잡아가려고 해요! 구해주세요!"

"저런 나쁜 놈들이 있나! 힘없는 여자를 괴롭히다니!"

사도관은 분기탱천해서 눈을 부라렸다.

수백 리 밖의 정천맹을 돕는 것보다, 당장 눈앞에서 도움을 호소하는 여인을 구하는 게 먼저였다.
　그런데 나민이 여화란의 뒤를 쫓아오는 자들을 유심히 바라보더니 싸늘하게 말했다.
　"구천신교 놈들입니다, 상공."
　"그래요?"
　그렇다면 더욱 더 여인을 구해야했다.
　"부인, 잠시만 이곳에서 기다리시오."
　"제 걱정은 말고 저 여인을 구하세요."
　나민은 여인을 쫓는 자들을 증오의 눈길로 노려보았다.
　조화설과 수년 간 구천신교에 쫓기면서 살아온 그녀는 여인의 뒤를 쫓는 놈들을 죽이고 싶을 정도로 증오했다.
　하지만 그런 그녀도 여화란이 바로 환희교의 사람이고, 현종주의 딸인 것은 꿈에도 생각지 못했다.
　사도관은 나민의 명령(?)이 떨어지자, 달려오는 여화란 쪽으로 성큼성큼 걸어갔다.
　그와 함께 북상하던 철마보의 사공강과 사공청도 그를 돕기 위해 나섰다.
　"대협, 저희가 돕겠습니다."
　사도관은 마다하지 않았다. 혼자서도 충분히 처리할 수 있지만, 손을 한 번 덜 쓰면 그만큼 편해질 것이 아닌가.
　그래도 나민을 걱정해서 무당의 두 장로는 나서지 못하게 했다.
"두 분 도장님은 구경이나 하십시오."

서너 걸음 만에 여화란과 마주선 사도관은 여화란의 얼굴을 보고 눈을 휘둥그렇게 떴다.
비에 젖은 머리카락도 그녀의 아름다움을 가릴 수는 없었다.
'우와! 교교보다 훨씬 예쁘다!'
이렇게 아름다운 여인을 잡아가려고 하다니!
분노가 배가 된 사도관은 이십여 장 뒤까지 쫓아온 자들을 노려보며 말했다.
"허허허, 소저. 한쪽으로 피해 있으시오."
"정말 감사합니다, 대협."
'목소리도 예쁘군.'
사도관은 흐뭇한 마음과 호령위사들에 대한 분노를 동시에 간직한 채 검을 뽑았다.
호령위사들은 특별할 것 없는 자가 검을 뽑아들고 여화란을 도우려 하자 싸늘하게 소리쳤다.
"흥! 주제도 모르고 나서다니, 죽고 싶어 안달난 놈이군!"
그러잖아도 화가 나 있던 사도관이 호령위사를 비웃었다.
"날 죽여? 어디 그럴 재주가 있으면 죽여 봐라, 이 구천신교의 잡종들아!"
동시에 호령위사 중 셋이 사도관을 향해 달려들고, 둘은 사공청과 사공강을 공격했다.
사도관은 눈을 부라린 채 검을 휘둘렀다.
후우웅!
호령위사들은 거대한 힘에 온몸이 짓눌린 기분이 들었다.
쩌저정!
단 일 검에 세 명의 호령위사가 뒤로 튕겨졌다.
사도관은 튕겨진 자들을 쫓아가며 검을 뻗었다.
"이놈들아! 나도 구천신교 놈들이라면 지긋지긋한 사람이야. 다 때려죽이고 싶을 정도지! 그런데 스스로 날 찾아와? 뭐? 날 죽여? 그런 재주로는 똥개도 못 잡겠다, 이놈들아!"

여화란은 나민이 있는 곳까지 물러선 후 상황을 지켜보았다. 그러다 사도관이 호령위사 셋을 무지막지하게 몰아붙이는 걸 보고 불안한 마음이 들었다.
'구천신교 사람을 굉장히 싫어하나 봐. 내가 구천신교의 사람이라는 걸 알게 되면 가만 안 둘 텐데, 어떡하지?'
그녀는 슬금슬금 뒤로 물러났다.
어차피 이들과 동행할 수는 없는 일이었다. 가는 방향으로 봐서 정천맹과의 싸움에 합류하려는 자들인 듯했다. 어떻게 빠져나왔는데 또 그곳으로 간단 말인가.
좌우를 재빨리 살펴본 그녀는 조금씩 걸음을 빨리했다. 그리고 거리가 조금 멀어지자 지체 없이 돌아서 달렸다.

무당의 장로들이 그 모습을 보고 다급히 소리쳤다.
"여 시주, 저들은 걱정할 것 없소이다!"
나민도 놀라서 그녀를 향해 말했다.
"이봐요, 아가씨! 걱정 말고 돌아와요!"
여화란은 걸음을 멈추지 않았다. 그녀는 자신을 부르는 그들을 향해 고마움을 표했다.
"저자들을 막아줘서 고마워요! 저는 급히 가볼 곳이 있으니 이만 가볼게요!"
대응보를 나올 때부터 갈 곳은 정해져 있었다.
동정호 악양루에 가서 그를 기다려야 했다.
올지 안 올지 몰라도, 그녀가 당장 할 수 있는 일은 그것밖에 없었다.
'기다릴게요, 사영!'

사도관은 단 오 초만에 호령위사 셋을 쓰러뜨렸다.
아름다운 여인을 괴롭힌 놈들인 만큼 평소보다 더 고통스러운 곳을 찌르고 갈랐다.
"자식들이 말이야, 알고 보면 별것도 아닌 것들이 꼭 입만 살아가지고 되는 대로 지껄여요."
척, 검을 집어넣고 고개를 돌린 그는 멀어진 여화란을 보고 고개를 갸웃거렸다.
"근데 저 소저는 뭐가 저리 급한 거지?"

청룡안(青龍眼)과 홍학령(紅鶴鈴) 127

급하게 가볼 곳이 있다니 돌아오라고 부르기도 멋쩍었다.
그런데 이상한 기분이 들었다.
꼭 언젠가 본 것처럼 느껴지는 기분.
'누굴 닮은 것 같은데……. 응? 맞아, 그러고 보니 악양루에서 만난 백향과 많이 닮았네.'
그는 사라지는 여화란의 뒷모습을 보며 눈을 가늘게 좁혔다.
생각할수록 더 닮은 것 같았다.
코와 입술은 물론이고, 기이한 눈빛 때문에 미처 생각지 못했지만 눈의 형태는 완전히 빼다 박은 듯했다.
하지만 그는 고개를 두어 번 살짝 흔들고 나민을 바라보았다.
'에이, 이제부터는 절대 생각하지 말아야지. 나민에게 미안하잖아?'

5.

구름이 끼어 달도 별도 보이지 않는 밤.
개방제자들은 방성으로 향하는 사람들을 유심히 지켜보았다. 그리고 그들이 방성으로 들어가자 조심스럽게 접근했다.
앞서가는 중년남녀야 신경 쓸 것이 없었는데, 일행 중에 무당파의 원로고수들이 섞여 있었던 것이다.
그들은 무당 장로들의 등에 매인 송문검을 확인하고는 그들을 소구개에게 안내했다.

사도관은 소구개에게서 사도무영의 말을 전해 듣고 일행들이 더 올 때까지 객잔에서 기다리기로 했다. 단학을 비롯한 일부는 이미 도착해 있었다.

곧이어 장막심과 양류한을 비롯해서 도담과 적도광이 수라단을 이끌고 도착했다. 그리고 뒤를 이어서 무당의 중견고수들이 무리를 지어 방성으로 들어섰다.

한 시진이 지나자 숫자가 빠르게 불어나더니 오십 명을 넘어섰다.

기다리면 더 많은 사람이 올 것은 분명했다. 하지만 그들을 기다리기에는 마음의 여유가 없었다.

소명진인이 사도관에게 말했다.

"일단 우리 먼저 출발하는 게 어떻겠소?"

사도관과 사공강은 순순히 응했다.

"그렇게 하는 것이 좋겠습니다."

"하염없이 기다릴 수는 없지요. 출발합시다, 장문인."

결정이 내려지자 사람들은 자리를 박차고 일어났다.

사도관은 나민이 자신과 함께 일어나는 걸 보고 걱정이 가득한 목소리로 말했다.

"괜찮겠소?"

"어차피 여기 있으나 그곳으로 가나 위험은 마찬가지예요."

구천신교가 이기기라도 하면 오히려 방성이 더 위험할 수도

청룡안(靑龍眼)과 홍학령(紅鶴鈴) 129

있다. 아니 그게 아니라도 대웅보에 남은 자들이 위로 올라올지 몰랐다.
"그럼 절대 내 옆에서 멀리 떨어지지 마시오."
"알았어요. 상공도 조심하세요."
너무 덤벙대지 말고. 그런 뜻이 담긴 말이었다.
그러나 사도관은 나민이 자신을 걱정해 주는 것이 그저 좋았다.
"걱정 마시오. 당신을 과부로 만들지는 않을 테니까."
단학이 그 모습을 째려보며 통통한 입술을 오물거렸다.
'강해졌다고 나 무시하지 마쇼. 무시하면 장주께 다 일러버릴 테니까.'

제5장
잔파도가
거대한 사구(沙丘)를 무너뜨리듯

1.

　세상이 어둠에 잠긴 채 고요해진 시간.
　사도무영 일행은 노산이 시작되는 입구에서 구천신교의 꼬리를 잡았다. 방성을 출발한 지 세 시진 만이었다.
　다섯 사람은 어둠속에 서서 전면을 바라보았다.
　거대한 암벽이 움푹 들어간 곳에서 십여 명이 모닥불을 피운 채 둘러앉아 있었다.
　사도무영 일행과의 거리는 백 장 정도. 그럼에도 그들의 웃음소리가 선명하게 들려왔다. 긴장이 풀어졌다는 뜻.
　금포쌍괴가 그들을 보고 불쑥 말했다.
　"혈곡 놈들 같은데?"

"혈곡 놈들 '같은데'가 아니라 그놈들이야."

숫자는 기껏해야 십여 명. 하지만 적은 숫자는 문제되지 않았다. 중요한 것은 꼬리를 잡았다는 것이었다.

무이자가 큰 코를 킁킁거렸다.

"킁킁, 노루를 굽고 있나 본데?"

무비자도 귀를 쫑긋거리며 그들의 대화를 전달했다.

"음, 거의 다 익었으니 먹자고 하는군."

사도무영은 피식 웃으며 그들을 주시했다.

"후방 감시를 위해 남겨놓은 자들인 것 같군요. 아무래도 노산 안에 저들의 일행이 다수 있는 것 같습니다."

"정천맹을 따르는 자들이 뒤에서 기습할까 봐 감시를 세워둔 것 같군. 아니면……, 우리를 걱정했든지."

섭장천이 자신의 의견을 말했다.

사도무영의 눈빛이 싸늘하게 가라앉았다.

그도 같은 생각이었다. 하기에 그냥 지나치지 않을 작정이었다.

"꼬리를 모두 잘라버리지요."

"내가 가서 처리하지."

광효가 당장 달려갈 것처럼 말했다.

혼자라도 충분히 처리할 수 있는 인원이었다. 그러나 사도무영은 광효를 제지했다.

"신호를 보낼 여유를 줘선 안 됩니다. 빙 둘러서 포위한 다음 일시에 제압하도록 하지요."

 야심한 밤. 백 장이 아니라 이백 장 밖의 작은 목소리도 들릴 때였다. 하지만 혈곡 무사들은 그들의 목소리를 들을 수 없었다. 절대고수 세 사람이 진기로 이 장 공간을 틀어막은 것이다.

 잠시 후.
 모닥불 가에서 고기를 굽던 혈곡 무사들은 누군가가 다가오자 벌떡 몸을 일으켰다.
 하지만 바짝 긴장했던 그들은 나타난 사람을 보고 고개를 갸웃거렸다.
 축시면 사경(四更)이다. 깊은 산중에 사람이 나타날 때가 아닌 것이다.
 그런데 모닥불 빛으로 인해 유난히 반짝이는 금포를 입고 나타난 저 두 사람은 뭐란 말인가?
 그들 중 하나가 강호의 소문을 떠올리고 눈을 크게 떴다.
 "저 사람들, 혹시 금포쌍괴 아냐?"
 "금포쌍괴? 저자들이 왜 이곳에 나타난 거지?"
 아무리 봐도 달랑 두 사람뿐이다. 그 바람에 혈곡 무사들은 긴장을 풀고 금포쌍괴가 다가오는 것을 쳐다보기만 했다.
 무이자가 반가운 표정을 지으며 그들을 향해 다가갔다.
 "어이구, 컴컴해서 무서웠는데 다행이군."
 "이보게, 우리도 함께 쉬면 안 되겠나?"

정사(正邪) 어느 쪽에도 속하지 않은 괴짜들. 게다가 일행도 없는 것 같다.

가까이 오게 한 다음 죽여야겠군.

혹시 알아? 금이라면 환장하는 놈들이라고 했으니 품속에 금덩이가 들어있을지.

그렇게 생각한 혈곡 무사들은 순순히 금포쌍괴의 접근을 허락했다.

"이리 오쇼. 비가 와서 그런지 날씨가 쌀쌀합니다."

"고맙네. 정말 마음이 좋은 사람들이구면."

혈곡 무사들은 머쓱한 표정을 지었다.

마음이 좋다고? 당신들을 죽이려고 하는데?

그때 무비자가 빙그레 웃으며 말했다.

"마음이 좋은 사람들이니까, 아마 고통 없이 보내줄 거야."

"어딜……?"

혈곡 무사 중 하나가 의아한 표정을 지으며 반문했다.

무이자가 그의 의문을 풀어주었다.

"그야 지옥으로 보내는 거지."

"뭐? 이 미친 늙은이들이……!"

찰나였다.

뽁, 소리와 나더니 금포쌍괴를 향해 눈을 부릅뜨고 소리치던 자의 이마에 구멍이 하나 뚫렸다.

혈곡 무사들은 너무 갑작스런 상황이어서 바로 움직이지 못했다.

"뭐, 뭐야?"

그 사이 별다른 기척도 없었는데 세 사람이 더 쓰러졌다.

그제야 상황을 눈치챈 그들은 뒤로 훌쩍 물러나며 무기를 뽑아들었다.

"적……!"

하지만 이미 때늦은 상황이었다.

그들의 무기가 다 뽑히기도 전에 세 줄기 기운이 그들을 덮쳤다.

"아미타불! 지옥에 가서 동료들을 기다리고 있어라, 마도의 무리여!"

광효의 장력은 한 번에 네 명의 혈곡 무사들을 삼켜버렸다.

퍼버버벅!

가공할 장세에 휘말린 자들은 대항할 새도 없이 뒤로 튕겨져서 절벽에 처박혔다.

그와 동시에, 섭장천의 검이 세 사람을 지옥으로 인도했다.

금포쌍괴는 하나라도 책임지겠다는 듯 앞에 있는 두 사람을 몰아붙였다.

"버티지 말게, 고통 없이 보내줄 테니까."

"이 자식이, 버티면 고통만 커진다니까!"

그들은 두 사람을 무지막지하게 두들겨 팼다. 그래도 죽이지는 않았다. 사도무영이 물어볼 게 있다며 될 수 있으면 생포하라고 했으니까.

사실 혈도를 짚어서 생포하면 간단했다. 하지만 그렇게 생포하면 입을 안 열지도 몰랐다. 딴에 의리를 지킨다면서.

금포쌍괴가 두 사람을 죽기직전까지, 그것도 고통이 심한 곳만 골라서 두들겨 팬 것은 순전히 그런 이유 때문이었다. 남들이야 어떻게 생각하든.

혈곡 무사들을 일순간에 해치운 사도무영 일행은 일단 모닥불을 껐다. 그리고 그들이 구워놓은 고기를 먹으며 두 사람을 심문했다.

혈곡 무사 두 사람은 정신이 반쯤 나간 상태에서 순순히 대답했다. 어찌되었든 금포쌍괴의 의도가 제대로 먹혀든 것이다.

2.

사도무영 일행은 십 리를 전진하며 감시조 세 무리를 더 제거했다. 그리고 오 리쯤 더 가서야, 마침내 적의 본진 후미로 보이는 자들을 발견했다.

숫자는 이백 명 정도. 그들은 제법 넓은 분지 군데군데 모닥불을 피워놓고, 하나의 모닥불마다 십여 명씩 둘러앉아 있었다.

그런데 승리감에 도취되어서 그런지 긴장감은 느껴지지 않았다.

사도무영은 백여 장 떨어진 바위 위에서 그들을 살펴보았다.

혈곡과 마령곡의 무사들이 열 중 일곱 정도, 나머지는 구천신교의 교도들이었다.

"특별히 강하게 느껴지는 자는 십여 명 정도군요."

"어떻게 할 건가?"

섭장천이 시선은 분지에 둔 채 물었다.

사도무영은 무심한 눈으로 분지를 응시하면 입을 열었다.

"제거하는 만큼 적의 숫자가 줄어들겠죠."

"모두 죽일 건가?"

저들은 적의 일부일 뿐이다. 저들을 전멸시키기 위해 부상이라도 당한다면 공격한 의미가 없다.

"굳이 무리하면서까지 전멸시키려 할 것은 없습니다. 저들을 치면서 진기를 소모해 봐야 이익 될 게 없으니까요."

그때 사도무영의 눈에 한 사람이 들어왔다. 먼 거리였지만, 사도무영은 그의 정체를 바로 알아보고 한광을 번뜩였다.

'백사청, 네가 이곳에 있었구나.'

백사청은 자신이 후미나 맡는 신세가 된 것에 짜증이 났다.

'현유 놈은 대군의 곁에 있거늘, 이게 무슨 꼴이야!'

그는 이를 으드득 갈았다.

공을 세우려면 전방에 서야 하거늘, 제일 후미에 배치되다니.

마치 현유가 대군과 대교주를 움직여서 자신을 팽 시키는 것처럼 느껴졌다.

'여차하면 모른 척 앞으로 달려가야겠어. 이런 식으로 전쟁이 끝나면 공을 인정받지 못할 거다.'

사부의 명령이 지엄하긴 하지만, 큰 공을 세우면 모든 것이 용서될 것이었다.

'대군이야 어쩔 수 없다지만, 현유 놈에게 뒤처질 수는 없지!'

이를 지그시 악문 그가 각오를 다지는데 분지의 입구 쪽에서 고함소리가 들렸다.

"네놈들은 누구냐!"

'그러잖아도 심란한데 어떤 놈이?'

백사청은 눈살을 찌푸리며 소리가 난 곳을 쳐다보았다.

그런데 이번에는 고함이 아니라 비명이 터져 나왔다.

"으악!"

"크억!"

"이 미친놈들이 감히, 우리가 누군 줄 알고⋯⋯!"

"다 알고 왔어, 임마! 너희들, 구천신교라는 미친놈 집단의 똘마니들이잖아!"

"우리가 그것도 모르는 멍청이인 줄 알아?"

사도무영은 먼저 달려 나간 금포쌍괴가 혈곡 무사들과 실랑

이를 벌이는 사이 좀 더 깊숙이 들어갔다.
 광효와 섭장천이 그와 함께 움직였다.
 "아미타불! 마의 무리들이여, 지옥으로 가라!"
 광효의 천불수가 어둠을 뒤덮을 때마다 달려들던 자들이 사방으로 튕겨나갔다.
 섭장천의 검이 허공을 가를 때마다 달려들던 자들이 힘 한번 못 써보고 꼬꾸라지며 피분수를 뿜어냈다.
 혈곡과 마령곡 무사들의 힘으로는 그들을 막을 수 없었다.
 순식간에 지옥도가 펼쳐지며 밤하늘에 비명이 메아리쳤다.
 "으아악!"
 "케엑!"
 "놈들을 죽여라!"
 "피, 피해!"
 구천신교 교도들이 뒤늦게 세 사람을 향해 달려들었다.
 백사청도 검을 뽑아들고 노성을 내질렀다.
 "죽으려고 환장한 놈들이구나!"
 사도무영은 백사청을 향해 똑바로 나아가며 냉랭한 목소리로 입을 열었다.
 "백사청, 오랜만이군!"
 백사청은 흠칫하며 사도무영을 바라보았다.
 곧 사도무영의 정체를 알아챈 그는 주춤거리며 뒤로 물러났다.
 "사, 사영……?"

싸울 마음이 만 리 밖으로 달아난 그는 근처에 있는 구천신교 교도들을 향해 소리쳤다.

"모두 저놈을 공격해!"

구천신교 교도들 중 대여섯 명이 상대가 누군지도 모르고 신형을 날렸다.

순간, 수라도가 어둠을 갈기갈기 찢어발겼다.

쉬이익! 쩌저정! 따당!

"크억!"

"허어억!"

무기가 부서지고 몸뚱이가 갈라지며 뒤늦게 피분수가 솟구쳤다.

"소교주, 뒤로 피하시오!"

구천신교의 교도들 중 장로 둘이 백사청의 앞으로 나서며 사도무영을 공격했다.

그때, 구천신교의 교도들 중 몇이 사영을 알아보고 눈을 부릅떴다.

"헉! 지옥수라도 사영이다!"

"저자가 사영이라고?"

경악하며 멈칫하는 자도 있지만, 무기를 든 손에 더욱 힘을 주고 달려드는 자들도 있었다.

"사영! 네놈이 아무리 강해도 우리 모두를 이길 순 없을 것이다!"

"모두 저놈을 공격하시오!"

그러나 이곳에는 사영만 온 것이 아니었다. 그리고 그 중 두 사람은 사도무영에게 크게 떨어지지 않는 절대고수들이었다.

구천신교의 무리들은 이백여 명의 인원 중 반 수가 무너졌을 때에야 자신들이 모두 죽을지 모른다는 것을 깨달았다.

그때부터 죽음에 대한 공포심이 그들의 손발을 무디게 하고, 죽어가는 자의 숫자가 빠르게 불어났다.

백사청은 공포심을 이기지 못하고 주춤주춤 물러났.

'전보다 더 강해졌다더니, 사실이었어! 저놈은 내가 어떻게 할 수 있는 놈이 아니야. 도망가야 돼!'

"죽음을 두려워하지 말고 놈을 쳐라! 놈을 죽여!"

그는 악을 쓰며 교도들로 하여금 사도무영을 상대케 하고 자신은 뒤로 신형을 날렸다.

"백사청! 어딜 도망가느냐!"

사도무영은 냉랭히 일갈을 내지르며 수라도를 휘둘렀다.

쩌저정!

현천종파의 장로 둘이 수라도에 실린 경력을 이기지 못하고 뒤로 날아갔다.

사도무영은 백사청을 향해 날아가며 수라도를 뻗었다.

순간, 수라도의 도첨에서 청광이 폭죽처럼 터졌다.

쩌적!

대기가 터져 나가며 한 줄기 번개가 백사청의 등 뒤로 날아

잔파도가 거대한 사구(砂丘)를 무너뜨리듯 143

갔다.

완벽한 아수라무광일도단천식!

백사청은 등 뒤에서 밀려드는 가공할 도세에 안색이 흙빛으로 물들었다.

그는 급히 몸을 틀며 검을 휘둘러서 사도무영의 공세를 막으려 했다.

쾅!

굉음과 함께 백사청의 검이 산산조각으로 부서졌다. 동시에 부서진 검날과 한 줄기 벼락이 백사청의 몸을 관통했다.

"크어억!"

백사청의 몸뚱이는 이 장을 날아간 뒤에야 바닥에 나뒹굴었다.

사도무영은 허공을 걷듯이 날아서 백사청의 앞에 내려섰다.

백사청은 피범벅이 되어서 벌레처럼 바닥을 기었다.

"아, 안 돼……. 나, 나는 살아야……."

"백사청, 정말 추하군. 수하들을 죽음으로 내몰고 너만 살겠다는 거냐?"

"나, 난……, 저들과 다르다……. 난 소교주……, 제발……, 사, 살려 줘, 사영……."

백사청은 흘러나오는 내장을 한 손으로 밀어 넣으며 사도무영을 바라보았다.

사도무영은 무심한 눈으로 그를 바라보며 수라도를 높이 들었다.

"지옥에 가거든, 네가 무엇을 잘못 했는지 다시 한 번 생각해 봐라, 백사청."

쉬이익!

호선을 그리며 떨어져 내린 수라도가 백사청의 목뒤를 스쳤다.

"끄으으으……."

그렇게 또 하나의 악연이 매듭지어졌다.

'백사청, 억울해하지 말고 지옥에서 기다려라. 곧 다른 사람들도 보내줄 테니까.'

사도무영은 눈을 부릅뜬 채 숨이 끊어진 백사청을 뒤로 하고 몸을 돌렸다.

한쪽에서는 광효가 미친 듯이 날뛰며 구천신교의 교도들을 도륙하고 있었다. 그의 손이 허공에 저어질 때마다 구천신교의 교도들이 사방으로 튕겨졌다.

그와 이십 장 떨어진 곳에선 섭장천이 눈을 반쯤 감은 채 적진을 누비고 있었는데, 마치 무아지경에 빠진 것 같은 표정이었다.

그리고 금포쌍괴는 구천신교 교도와 마도고수 일곱 명에게 둘러싸인 채 악전고투를 벌이고 있었다.

"개자식들! 다른 사람들은 놔두고 왜 우리에게만 달려드는 거냐!"

"네놈들은 애비도 없냐? 저리 안 가!"

사도무영은 금포쌍괴가 있는 곳으로 몸을 날렸다.

진파도가 거대한 사구(砂丘)를 무너뜨리듯

금포쌍괴를 몰아붙이던 자들 중 구천신교 교도들은 사도무영이 날아오는 걸 보고 안색이 해쓱하게 질렸다.
"지옥수라도가 이리로 온다!"
"도, 도망쳐!"
그들은 금포쌍괴를 놔둔 채 숲속으로 뛰어들었다.
지옥수라도라는 이름의 의미를 모르는 혈곡과 마령곡 무사 셋만 사도무영이 올 때까지 그 자리를 지켰다.
그들은 처음부터 금포쌍괴와 싸우느라 사도무영의 신위를 못 본 터였다. 그러니 구천신교의 교도들이 도주하는 게 이해되지 않았다.
"이봐! 저 새끼가 누군데 도망치는 거야?"
"새파란 놈이잖아?"
그들은 용기 있게 사도무영을 비웃고, 곧 지옥으로 달려갔다.

꺼져가는 모닥불에 비친 분지의 광경은 참혹했다.
이백여 명 중 살아서 도주한 자는 오십여 명에 불과했다.
백오십여 명의 몸에서 흘러나온 피는 분지를 시뻘겋게 물들이고도 모자라 골을 타고 흘러서 계곡물까지 붉게 물들였다.
사도무영은 그 광경을 애써 외면했다.
"일단 도주한 놈들을 쫓아가지요."
"그렇게 하세."

3.

노산은 깊고 넓었다.

구천신교 본진의 무리는 오백여 명씩 나누어져서 남북으로 길게 뻗은 계곡 곳곳에 머물고 있었다.

정천맹이 산속에 몸을 숨기고 있다가 밤을 틈타 기습할지 모르는 일. 뭉쳐있는 것보다 적당한 숫자로 나누어져서 거리를 두고 쉬는 게 나을 거라 생각한 것이다.

그 무리 중 가장 남쪽에 있는 자들을 지휘하는 사람은 혈곡의 곡주 혈성마혼(血星魔魂) 진홍평이었다.

그는 자신이 후미로 처진 것에 대해 불만이 없었다. 큰 공을 세울 기회가 적을지 몰라도 대신 그만큼 안전했다.

혈곡의 무사가 이백, 마령곡 무사가 백, 구천신교 교도가 백, 나머지 백은 마도무사들로 총 오백여 명이나 되었다.

정천맹 주력이 여주로 후퇴 중인 상황에서 누가 자신들을 위협할 수 있단 말인가.

하기에 그는 모닥불 가에 몸을 비스듬히 눕히고 편한 마음으로 잠을 잤다.

그런데 새벽어스름이 밀려들 즈음, 소란스런 소리가 그의 잠을 깨웠다.

'어떤 놈이 이 소란이야?'

짜증이 난 그는 눈을 뜨고 소란이 벌어진 곳을 바라보았다.

십여 명이 진형의 중심을 향해 빠르게 달려오는 게 보였다.

몸을 세운 진홍평은 피투성이가 되어 달려오는 사람들을 보고 눈살을 찌푸렸다.

선두에서 달려오는 중년인은 혈곡의 혈명당을 맡고 있는 곡소철이 아닌가?

그는 지금쯤 십여 리 남쪽의 노산 입구를 지키고 있어야 하거늘, 왜 저런 모습으로 달려오는 걸까?

하지만 곧 심상치 않은 일이 벌어졌음을 느낀 진홍평은 자리에서 벌떡 일어나 곡소철을 맞이했다.

"어찌된 일이냐, 곡소철?"

곡소철이 진저리치며 피를 토하는 목소리로 대답했다.

"노산 입구가 무너졌습니다, 곡주!"

"뭐야?"

"쉬고 있는데 놈들이 습격을……."

곡소철은 빠르게 상황을 이야기했다.

그의 이야기가 진행될수록 진홍평의 표정이 급격하게 변했다.

"뭐야? 단 다섯 명에게 백오십 명이 넘게 죽었다고?"

"예, 곡주!"

진홍평은 분노로 얼굴이 시뻘겋게 달아올랐지만 일파의 주인답게 감정적으로 대응하지 않았다.

"대체 어떤 놈들이? 놈들의 정체에 대해서 아는 게 있느냐?"

"금포쌍괴 외에는 잘……. 아! 미친놈처럼 설치던 중이 하나 있었는데, 아무래도 섬서에 나타났다는 광승이 아닌가 싶습니다."

그때 곡소철 일행의 뒤를 따라 도착한 구천신교 교도 하나가 부르짖듯 말했다.

"그들 중에 지옥수라도 사영이 있었소이다!"

순간이었다. 그들을 향해 다가오던 금황교의 장로 담가종이 경악성을 내질렀다.

"뭐라? 지금 사영이 나타났다고 했는가?"

"그렇습니다, 장로님!"

"소교주는? 소교주께선 어떻게 되셨느냐?"

"소교주께선 사영에게 그만……."

담가종은 그 말만으로도 사정을 깨닫고 볼살이 잘게 떨렸다.

"이, 이런……!"

주위로 몰려든 구천신교 교도들 역시 아연실색한 표정을 지었다.

"맙소사, 소교주께서 돌아가시다니."

"진정 사영이 그리도 강하단 말인가?"

"오죽하면 대교주께서 그놈만큼은 꼭 죽여야 한다고 하겠는가?"

진홍평은 담가종과 구천신교 교도들의 말을 듣고 이마를 좁혔다.

'사영이란 놈이 그렇게 강한가?'

그도 사영이라는 이름을 들어보긴 했다. 하지만 그렇게 큰 무게를 느끼지는 못했다.

좌우간 후미가 무너진 이상 이대로 있을 수는 없는 일. 진홍평은 구천신교의 책임자인 담가종에게 물었다.

"어떻게 하실 거요? 산을 수색해서 놈들을 잡아야 하지 않겠소?"

담가종도 그렇게 하고 싶었다. 그러나 아직 날이 어두웠다. 그리고 적은 다섯밖에 안 되지만, 그들은 이백 무사를 무인지경으로 휘저은 자들이었다.

"날이 어두운 상태에서 절대지경의 고수를 상대하는 것은 너무 위험하오. 일단 대교주께 보고하고 날이 밝을 때까지 기다립시다."

진홍평은 이마를 찌푸렸다.

동료가 백 수십 명이나 죽었거늘 앉아서 기다리자니. 그중에는 구천신교의 소교주도 있지 않은가?

하지만 틀린 말도 아니었다. 다섯을 잡으려다 자칫 엄청난 손해라도 보면 공(功)은커녕 과(過)만 커질 터. 그것은 자신이 바라는 바가 아니었다.

백 명에 가까운 수하의 죽음이야 그에 비하면 한순간의 분노일 뿐.

그는 경비무사들을 향해 짜증과 노기가 섞인 목소리로 소리쳤다.
"놈들이 올지 모른다! 한눈팔지 말고 주위를 철저히 살펴라!"

사도무영 일행이 진홍평이 이끄는 무리를 발견한 것은 이십 리를 전진한 후였다.
그들은 멀리서 구천신교 무리를 보고 이마를 좁혔다.
예상보다 숫자가 많았다. 더구나 살아서 도주한 자들이 소식을 전했는지 경계가 삼엄해서 공격하기가 마땅치 않았다.
"잠시 쉬면서 놈들의 움직임을 살펴보도록 하죠."
"차라리 돌아서 선두 쪽으로 가면 어떻겠나?"
그것도 괜찮을 것 같았다. 그러나 위험이 너무 컸다.
"곧 날이 밝아질 겁니다. 자칫 놈들에게 들켜서 포위되면 곤란해집니다. 일단 놈들이 움직이는 걸 기다린 다음, 뒤에서부터 야금야금 치도록 하지요."
무사히 빠져나간다 해도 자신들만으로 저들의 주력과 부딪칠 수는 없는 일. 공연한 모험을 할 이유가 없었다.
광효는 조금 생각이 달랐지만.
"보이는 족족 없애면 되지 않겠느냐?"
금포쌍괴가 그런 광효를 겁도 없이 다그쳤다.
"이 인간이 미쳤나? 죽으려면 너나 죽어."
"광승이라는 소문이 돌더니, 정말 돌았나본데? 부처님을 모시는 스님이 맞아?"

두 사람의 제법 심하게 말하는데도 광효는 이상할 정도로 화를 내지 않았다.

첫째는 금포쌍괴에게서 마기가 느껴지지 않기 때문이었다. 그는 마기가 느껴지지 않는 사람에게는 분노를 느끼지 않았다.

그리고 두 번째는 쌍괴가 입은 괴상한 금포와 기이한 외모 때문이었다. 그 모습을 보고 광효는 원초적인 측은함을 느꼈다.

죽일 사람이 아닌 돌봐야 할 사람.

그게 광효가 생각하는 금포쌍괴였다.

물론 금포쌍괴는 그런 사실은 까맣게 모른 채 말을 거침없이 했다.

처음에는 사람을 무식하게 두들겨 잡는 걸 보고 겁이 났지만, 시간이 지나면서 두려움이 거짓말처럼 사라진 것이다.

'우리말이라면 껌벅 죽는 사도무영의 말을 고분고분 따르다니, 생긴 것과 달리 순한 놈이군.'

'사람은 역시 외모로 평가할 게 아니라니까? 우리를 봐, 얼마나 순진해?'

두 사람의 눈에는 광효가 순진한 호랑이로 보였다.

암벽 틈에 자리를 잡은 사도무영 일행은 적을 주시하며 그동안 쌓인 피로를 풀었다.

어스름이 밀려가면서 짙은 안개가 끼기 시작했다.

그렇게 시간이 흐르고, 여명이 동쪽 하늘을 붉게 물들일 무렵이었다. 구천신교 무리가 자욱한 안개 속에서 은밀하게 움직이기 시작했다.

좌정한 채 운기를 하던 사도무영은 그들의 움직임을 느끼고 눈을 떴다.

"놈들이 움직이기 시작했습니다."

광효와 섭장천과 금포쌍괴도 곧 적의 움직임을 느꼈다.

엉덩이를 털고 일어난 그들은 숨어 있던 바위 사이에서 나왔다. 그리고 북쪽으로 이동하는 구천신교 무리를 천천히 쫓기 위해 산에서 내려갔다.

사도무영은 산에서 내려가며 나직이 입을 열었다.

"언젠가 황하강에 놀러간 적이 있지요. 높다란 사구(砂丘)가 아름답게 펼쳐진 곳이 있었는데, 파도가 조금씩, 조금씩 사구를 갉아먹고 있었습니다. 그런데 보름 후쯤 가보니까, 내 키보다 높던 모래언덕이 한 발짝 높이로 낮아져 있더군요."

네 사람 중 오직 섭장천만이 사도무영의 말뜻을 알아들었다.

인지하지 못하는 사이 동료들이 죽어가고, 그 사실을 알게 되었을 때는 살아있는 동료가 반도 안 남았다면, 저들은 몇 배나 큰 두려움을 느낄 것이다.

'저들도 재수가 없는 자들이군. 하필 뒤로 처져서 우리를 만났으니……'

하지만 금포쌍괴는 무슨 말인지 몰랐다.

"그럼 한 달 후에는 완전히 사라졌겠네?"
"다시 쌓였을 수도 있지 뭐."
광효도 마찬가지였다.
"전에 나도 황하 가에서 마도 놈들을 때려죽인 적이 있다."
사도무영은 그러려니 하고 말을 이었다.
"공격이 시작되면 쌍괴 노선배는 바짝 따라오지 마시고, 오십 장 정도 뒤로 처지십시오. 그리고 섭 형님이 왼쪽을 맡아주시고, 광효대사님이 오른쪽을 맡아주십시오. 공격할 때는 최대한 소리 없이, 대여섯 명만 처리하고 바로 물러나십시오."
사도무영은 말을 멈추고 광효대사를 바라보았다.
"은밀하게 제거해야 힘을 덜 소모하면서도 좀 더 많은 적을 처리할 수 있습니다. 무슨 말인지 아시겠죠?"
광효는 은밀하게 움직여야 한다는 게 마음에 안 들었다. 하지만 좀 더 많은 적을 처리할 수 있다는 말이 마음에 들어 순순히 고개를 끄덕였다.
"알았다. 소리 없이, 은밀하게 마인들의 목을 비틀어버리겠다."
사도무영은 무심한 눈으로 전면을 바라보며 천천히 수라도를 빼들었다.
'안개가 사라지기 전에 최대한 많이 처리해야 해.'

4.

 선두의 본진에 사도무영의 출현소식이 전해진 것은, 사도무영 일행이 암벽에서 빠져나올 때였다.
 "뭐라? 사영이 후미에 나타났다고?"
 "예, 대교주. 나타난 자는 모두 다섯이라 하는데, 둘째 소교주가 사영에게 당해서 돌아가셨다 합니다."
 북궁마야는 눈을 가늘게 뜨고 짜증내듯이 말했다.
 "멍청한 놈! 사영이 아무리 강해도 그렇지, 이백 명이나 데리고 있었으면서 다섯을 못 당해? 어차피 그렇게 당할 거라면 양패구상이라도 했어야 할 게 아닌가?"
 백사청은 한쪽 어깨를 크게 다친 후 검의 위력이 떨어졌다.
 현유처럼 현천마수라도 받아들였으면 나았을 테지만, 백사청은 현유와 달리 현천마수를 받아들이지 않았다. 현천마수를 받아들이려면 한쪽 팔을 잘라야 하는데 그게 겁이 난 것이다.
 북궁마야는 겁 많은 제자가 필요 없었다. 약한 제자 역시. 그는 바로 그런 이유 때문에 백사청을 밖으로 내돌리고 냉대한 것이었다.
 그런데 이제는 사영에게 당하고 수하들마저 백 수십 명이나 잃다니.
 "비천사, 놈이 어떻게 행동할 거라 보느냐?"
 "어떻게든 본 교의 힘을 줄이면서 북진을 방해하려 할 것입니다."

"아무래도 그러겠지. 흥! 하지만 네놈 뜻대로는 되지 않을 것이다, 사영."

냉랭히 코웃음 친 북궁마야는 신유조에게 명을 내렸다.

"신유조, 놈을 놔두고 정천맹의 뒤를 쫓을 것이니라. 즉시 출발준비를 갖추도록 하라!"

"하오시면 저들은……?"

"다섯으로 본진을 칠만큼 어리석은 놈이 아니다. 기껏해야 꼬리를 자르는 정도에서 만족하겠지. 본 교주는 놈들이 꼬리를 칠 동안 정천맹을 무너뜨릴 것이다!"

북궁마야의 말에 신유조는 희미한 미소를 지으며 고개를 숙였다. 그가 원하던 대답이었다.

설령 오백이 더 죽는다 해도, 정천맹 총단에 대한 공격을 지체할 수는 없는 것이다.

"영명하신 판단이십니다, 대교주! 즉시 준비토록 하겠습니다!"

5.

사도무영과 섭장천과 광효는 안개 속을 누비며 후미의 적을 하나하나 눕혔다.

아무리 짙은 안개도 그들의 움직임에 큰 지장을 주지 못했다.

그들은 눈이 아니라 감각으로 적을 찾아냈다. 반면 구천신교 무리는 그들을 발견하지 못했다. 그 차이는 하늘과 땅만큼이나 컸고, 결국 생사를 갈랐다.

스윽.

수라도의 칼날이 일 장의 거리를 둔 채 목을 스쳐갔다.

앞만 보고 전진하던 무사 둘이 머리를 뒤로 젖힌 채 그대로 무너졌다.

사도무영은 다시 안개 속으로 몸을 숨기고 다음 먹이를 향해 움직였다.

그는 안개의 유동을 염려해서 회천무벽을 일으키지 않고 신풍류만 펼쳤다. 그로 인해서 안개 속을 누비는 그의 모습은 가히 유령이나 다름없었다.

회천지가 시위를 떠난 화살처럼 쏘아졌다.

수라도가 안개를 갈랐다.

두어 명이 비명을 지르지도 못하고 꺼꾸러지면 짙은 안개가 그들을 덮었다.

섭장천도 적을 공격함에 있어 일말의 인정도 두지 않았다.

단 걸음에 적의 뒤로 다가간 그는 검기를 뻗어내 적의 혈맥을 끊어버렸다.

어쩌면 살수들이나 행할 법한 비겁한 살인일지 몰랐다. 하지만 그는 조금도 후회하지 않았다.

지금은 무사 대 무사로서 비무를 하는 것이 아니었다. 전쟁이었다. 적을 이기지 못하면 내가, 내 동료가 죽을 것이었다.

세 사람 중 가장 무식한 방법으로 적을 제거하는 사람은 광효였다.

그는 커다란 손으로 상대의 목을 비틀어서 소리를 내지 못하게 했다. 그 때문에 그가 처리한 숫자는 셋 중 가장 적었다. 하지만 그에게 죽은 자를 발견한 자들은 다른 자들보다 더욱 큰 공포를 느꼈다.

구천신교 무리가 뒤에서 일어나는 상황을 깨달은 것은 사도무영이 열두 명 째 무사를 꺼꾸러뜨린 후였다.

"끄억."

"크으으으……."

나직한 신음이 안개 속 어딘가에서 들렸다.

직후 구천신교 무리의 후미에 있던 자들이 좌우를 둘러보며 동료를 불렀다.

"이, 이봐, 종후? 어디 있나?"

"주위에 있는 사람들을 찾아봐! 보이지 않는 사람이 많다!"

하지만 그들이 우왕좌왕하며 동료들을 찾아 헤맬 때 사도무영 등은 이십여 장 뒤에 묵묵히 서서 그들의 움직임을 주시했다.

구천신교 무리는 동료가 적에게 당했다는 것을 알고도 속수

무책이었다.
 그들이 동료의 시신을 발견했을 때, 적은 이미 사라지고 없었다. 그리고 곧 또 다른 동료들이 하나, 둘 사라졌다.
 지독한 공포가 그들을 엄습했다.
 등줄기로 식은땀이 흐르고 소름이 돋았다.
 머리끝이 쭈뼛쭈뼛 선 구천신교 무리는 더 이상 적을 찾으려하지 않았다.
 -안개 속을 벗어나야 해!
 대부분이 그런 생각으로 동료의 시신을 놔둔 채 뒷걸음질 쳤다.

 진홍평과 담가종은 이를 갈면서 수하들로 하여금 거리를 벌리지 못하도록 했다.
 "단독행동을 하지 마라! 빠른 속도로 전진한다!"
 그들을 잡겠다고 안개 속에서 흩어지면 오히려 적을 도와줄 뿐이었다. 게다가 시간에 늦지 않게 선두를 따라가야 했다.
 그렇게 시간이 흐르고, 안개가 햇빛을 받기 시작하면서 빠르게 옅어졌다.
 진홍평은 제법 넓은 분지가 나오자 숲과 계곡을 향해 소리쳤다.
 "모두 이곳으로 모여라!"
 담가종을 비롯한 간부급 무사들이 일제히 자신의 수하들을 불러 모았다.

곧 무사들이 그들 주위로 모여들었다.

그런데 무사들의 숫자가 이백팔십 정도에서 더 이상 늘어나지 않았다.

진홍평은 주먹을 움켜쥐고 사방을 향해 소리쳤다.

"뭐하느냐! 빨리 모이도록 해라!"

하지만 그 이후로 합류한 사람은 단 두 사람뿐이었다.

그제야 모여든 사람들의 표정에 다시 공포가 떠올랐다.

기껏해야 반 시진 정도 흘렀을 뿐이다. 그런데 이백이십 명이 사라졌다. 기껏해야 몇 십 명 정도라 생각했거늘!

진홍평도 처음으로 두려움을 느꼈다.

"전력을 다해 본진에 합류한다! 출발!"

그는 명령을 내리고 뒤를 돌아다보았다.

자신도 모르게 어깨가 후드득 떨렸다.

흐릿한 안개에 휩싸인 노산이 마치 지옥과 연옥의 경계처럼 느껴졌다.

'어떤 놈인지 몰라도 정말 마주치고 싶지 않군.'

제6장
더 이상 물러설 곳도 없다

1.

 태양이 피로 뒤덮인 어둠을 밀어내고 동쪽 산 정상 위로 떠올랐다.
 정천맹 무사들은 굳은 표정, 피곤이 역력한 모습으로 총단을 향해 빠르게 북상했다.
 밤사이 구천신교가 추적을 멈췄다는 보고를 받고 적당히 쉬긴 했지만, 내외상에 정신적인 충격까지 겹쳐서 몸이 쉽게 회복되지 않았다.
 그런데 선두가 총단을 칠십 리 가량 남겨 놓았을 무렵이었다. 후미에서 누군가가 달려오며 소리쳤다.
 "맹주!"

제갈신운은 고개를 돌리고 눈을 가늘게 좁혔다.
달려오는 사람은 다름 아닌 정첩당주 황보민이었다.
황보민은 매사에 침착한 사람이다. 그런 사람이 아니었다면 정첩당을 맡지도 못했을 것이다.
그런데 지금 보이는 황보민은 평소와 전혀 달랐다.
뭔가 급한 일이 생겼다는 말.
무슨 일인데 저리 당황한 표정으로 달려오는 걸까?
구천신교에 어떤 변화라도 생긴 걸까? 그도 아니면……
'혹시 그들이……?'
제갈신운은 어떤 짐작을 하고 이를 악물었다.
그때 코앞까지 달려온 황보민이 다급히 말했다.
"맹주! 벽검산장이 따라오지 않는다고 합니다!"
"그들이 따라오지 않는다고?"
제갈신운은 이를 지그시 악물고 주먹을 움켜쥐었다.
벽검산장이 뒤를 책임지겠다며 거리를 벌리는 게 이상해서 감시를 붙여 놓았다. 그런데 마침내 그들이 의문스런 행동을 하기 시작한 것이다.
왜 뒤를 따라오지 않는 걸까?
생각도 하기 싫지만, 그들이 그럴 이유는 하나뿐이었다.
'놈들이 끝내……!'
분노를 씹어 삼킨 제갈신운은 황보민을 바라보았다. 상황을 확실하게 알려면 확인할 것이 몇 가지 더 있었다.

"그들의 현재 위치는?"

"석룡에서 멈춘 후로 따라올 기미가 안 보였다고 합니다."

"분위기는 어떠했다고 하던가?"

"그게 조금 이상합니다. 그들 사이에서 약간의 이견이 있었던 것 같습니다. 대부분이 비장한 표정을 짓고 있는데, 몇 사람은 장주에게 강한 항의를 하는 듯 보였다고 합니다."

벽검산장의 주요 간부들은 대부분이 혈족으로 이루어져 있다. 하기에 장주의 명이 떨어지면 그것으로 끝이었다.

그런데 수하 몇이 강력한 항의를 했다고? 왜?

단순히 전쟁에서 빠지는 거라면 항의할 이유가 없다.

'설마……?'

아니길 바랐다. 그 일이 사실로 드러난다면 최악의 상황이었다.

하지만 지금으로선 그 이유밖에 없다는 게 문제였다.

'젠장! 결국 이렇게 되는 건가?'

제갈신운은 이를 악물고 하늘을 올려다보았다.

그때 요공대사가 의아한 표정으로 물었다.

"왜 그러시는가? 길목을 막기 위해서 남은 벽검산장에 무슨 문제라도 생겼는가?"

고개를 내린 제갈신운은 장로와 간부들을 둘러보았다.

벽검산장이 정천맹을 끝까지 도울 거라 믿고 있는 표정들이었다. 제갈현종만이 뭔가를 짐작한 듯 설마 그럴 리가 있겠나,

하는 표정으로 바라볼 뿐.

"제가 왜 사도무영을 기다려야 한다고 했는지 아십니까?"

장로원주 요명대사는 영문을 모르겠다는 투로 대답했다.

"그야 그만큼 적이 강하니, 전력을 최대한 키운 다음에 상대하기 위함이 아니었소, 맹주?"

"물론 그것도 이유지요. 하지만 더 큰 이유는, 벽검산장을 믿을 수 없었기 때문입니다."

근처로 다가온 장로들이 웅성거렸다.

벽검산장을 믿을 수 없다니. 느닷없이 그게 무슨 소리란 말인가?

"자세히 말해 보시오, 맹주. 대체 그게 무슨 말씀이오?"

제갈신운은 더 이상 숨기지 않고 벽검산장에 얽힌 이야기를 모두 해주었다.

"구천신교의 종파인 수라곡을 멸망시킨 것은 벽검산장의 검사들만이 아닙니다. 그들은 구천신교의 무리와 손을 잡고 수라곡을 멸망시켰지요. 무슨 말인지 아시겠습니까? 그들은 진즉부터 구천신교와 모종의 거래를 하고 있었단 말입니다."

"어, 어찌 그럴 수가……!"

"그게 사실이오?"

너무 엄청난 말에 많은 사람들이 반신반의했다.

"한데 왜 말을 하지 않으신 거요?"

"제가 그 말을 하지 않은 것은, 이유야 어쨌든 당시는 그들이 구천신교를 적으로 돌린 상황이었기 때문입니다. 아마 그 일에 대해서는 저보다 군사께서 더 잘 아실 겁니다만."

제갈신운은 제갈현종을 바라보았다.

제갈현종은 눈꺼풀을 파르르 떨며 입을 열었다.

"맹주의 말씀대로요. 그들이 우리 쪽으로 돌아선 것은 양양진을 칠 때였소."

제갈현종은 군웅들에게 당시의 상황을 이야기해주었다.

사도무영이 어떤 식으로 관여했고, 어떻게 되어서 벽검산장이 구천신교와 완전히 적으로 갈라섰는지.

장로들 중 그 당시의 사연을 아는 사람들은 슬그머니 고개를 돌리고, 미처 모르고 있던 군웅들은 제갈현종의 말이 이어질수록 얼굴이 납덩이처럼 굳어졌다.

"그랬는데……, 본인은, 아니 우리 정천맹은 그와의 약속을 두 번이나 어겼소. 그리고 지금 이 상황이 되고 말았소. 참으로……, 참으로 할 말이 없소. 나 제갈현종은 그 일을 막아야 했음에도 그러지 못했으니, 죽어도 눈을 감지 못할 거요."

"지금은 누구의 잘못을 논할 때가 아닙니다, 숙부. 한 사람이라도 더 힘을 내서 코앞에 닥친 구천신교를 물리쳐야 합니다. 설령 오늘 진다 하더라도, 저들을 한 사람이라도 더 제거해서 후예들로 하여금 다시 일어설 수 있는 기반을 만들어줘야 합니다."

참담한 심정이 그대로 드러나는 말이었다.

결사항전. 죽을 각오를 하고 싸운다 해도 승산이 없는 싸움이란 말이 아닌가 말이다.

하긴 믿고 있던 벽검산장이 돌아섰다면 이길 가능성은 일할도 되지 않았다.

"그, 그럼 어찌할 생각이시오?"

남궁세가의 장로인 남궁진호가 창백한 얼굴로 물었다.

제갈신운이 비장한 표정으로 말했다.

"벽검산장이 우리에게 등을 돌린다 해도, 구천신교와 손을 잡으란 법은 없습니다. 하루 전까지만 해도 구천신교와 싸웠던 자들이니까. 하지만 그들은 우리의 상식으로 생각할 수 있는 자들이 아닌 만큼, 저는 어떤 경우도 배제하지 않을 겁니다."

장로 몇 사람이 넌지시 말했다.

"설마 아무리 그렇다 해도 그들과 손을 잡겠소이까?"

"험, 그들도 양심이 있다면 감히 그럴 수 없을 거외다."

"맹주께서 너무 지나친 우려를 하는 것 같구려."

심지어 화산의 청호자는 그때까지도 믿을 수 없다는 표정이었다.

"전에야 어쨌든 지금 우리에겐 그들의 힘이 필요한 상황이오. 좀 더 기다려봅시다. 잠깐 쉬기 위해 머무는 건데, 잘못보고 오해한 것일 수도 있지 않겠소?"

평소 벽검산장을 두둔했던 자들이다. 자신의 의견에 대해서 핀잔이나 주던 자들.

제갈신운은 그에 대해서 별다른 답을 하지 않았다.
아직도 미망에서 헤매고 있는 사람들과 설전을 벌이기에는 시간이 아까웠다.
그는 좌중을 둘러보며 힘이 실린 목소리로 말했다.
"벽검산장이 오든 안 오든, 우리는 구천신교와 싸울 수밖에 없습니다! 어차피 우린 더 이상 물러날 곳이 없지 않습니까! 모두 죽을 각오를 하고, 적을 맞아 싸웁시다!"
죽을 각오!
군웅들은 석상처럼 굳은 채 제갈신운을 바라보았다.
조금 전만 같았어도 불끈 쥔 주먹을 쳐들고 곧바로 동조했을 것이다.
그러나 지금은 조금 전과 상황이 달랐다.
가장 강력한 원군 중 하나인 벽검산장이 빠져있는 상황. 군웅들의 얼굴에 절망의 그늘이 졌다.
바로 그때였다.
"긴급 서신입니다! 제갈 대협, 어디 계십니까!"
북쪽에서 한 사람이 달려오며 급박한 목소리로 물었다.
사람들은 고개를 돌려 소리치며 달려오는 자를 바라보았다.
구르듯이 빠르게 달려오는 자는 개방의 제자였다.
제갈신운은 개방 제자를 보고 기광을 번뜩였다.
"여기 있소! 무슨 일이오?"
개방제자는 숨이 목까지 찬 상태에서 제갈신운 앞까지 달려왔다.

"헉, 헉, 헉, 제, 제갈 대, 대협께……, 저, 전할 서, 서신이……."

팽가의 장로이며 팽도산의 동생인 팽도필이 이마를 찌푸리며 다그쳤다.

"누가 보낸 서신인데 그리 말을 더듬는가?"

'당신도 칠십 리를 한 번도 안 쉬고 전력으로 달려보쇼, 숨이 안 차는가!'

개방의 전서개는 팽도필을 흘겨보고는 품속에서 꼬깃꼬깃한 서신 하나를 꺼냈다.

기름인지 때인지 모를 시커먼 것이 잔뜩 묻은 봉투가 제갈신운의 손으로 전해졌다.

"방성에 계신 소구개 장로님으로부터 온 겁니다요."

현 상황을 모를 개방이 아니었다. 한데도 총단을 통해 긴급히 서신을 전할 정도라면 그만큼 중요한 내용이 담겨 있다는 말이 아니겠는가.

구천신교에 어떤 변화라도 생겼나? 그도 아니면……?

제갈신운은 어떤 기대감을 가지고 서신을 펼쳤다.

몇 줄 읽어가던 제갈신운의 손이 잘게 떨리고, 입에서는 기이한 웃음이 흘러나왔다.

"크크크, 정말 말릴 수 없는 사람이군. 그 정도 당했으면 질릴 만도 할 텐데……."

"누가 보낸 서신인가, 맹주?"

제갈현종이 물었다.

제갈신운은 서신을 건네고는 하늘을 올려다보았다.

"어떤 멍청한 친구가 보낸 겁니다. 그런데 아직 희망을 버릴 때는 아닌 것 같군요. 일단 계획대로 백암평에서 적을 맞이할 준비를 합시다."

2.

수주에 도착한 여화란은 점심를 해결하기 위해 객잔으로 들어갔다.

지저분해진 옷과 흐트러진 머리카락으로 인해 그녀의 모습은 전과 많이 달라보였다.

그녀는 자신의 모습이 지저분하다는 것을 알고도 그대로 놔두었다. 구천신교의 눈을 속이기 위해서 악양까지 갈 동안은 손을 대지 않을 생각이었다.

'아름다운 모습은 그 사람만 보면 돼.'

점소이는 그녀의 지저분한 행색에 눈살을 찌푸렸지만, 그녀가 슬며시 은자 한 냥을 탁자 위에 올려놓자 당장 태도가 변했다.

"맛있는 걸로 두어 가지 가져오고, 나머지는 당신이 가져요."

"알겠습니다, 낭자!"

점소이가 깍듯하게 고개를 숙이고 주방으로 달려가자 그녀는 창밖을 바라보았다.

그때였다. 우측에서 음산한 웃음소리가 들렸다.

"낄낄낄, 하마터면 겉모습만 보고 놓칠 뻔했군. 그 계집, 씻겨놓으면 쓸 만하겠는 걸?"

여화란은 귀청을 파고드는 기이한 목소리에 아미를 찌푸렸다. 쳐다보지 않아도 그 말이 자신을 향한 거라는 걸 알 수 있었다.

슬쩍 눈을 돌린 그녀는 목소리의 주인을 찾아보았다.

우측에 두 사람이 앉아 있었다. 그 중 나이를 짐작키 힘든 노인이 자신을 바라보고 있었다.

분을 칠한 듯 눈처럼 하얀 얼굴을 한 괴이한 노인이었는데, 눈동자 주위가 붉어서 더욱 괴이하게 보였다.

여화란은 다시 눈을 돌리고 모른 척했다.

수주는 마령곡이 있는 대홍산과 지척이었다. 소란 피워서 좋을 게 없었다.

게다가 노인이 한 말 정도는 구천신교에서 매일처럼 듣던 소리여서 크게 기분 나쁠 것도 없었다.

곧 점소이가 요리를 가져왔다.

여화란은 빠르게 식사를 마치고 객잔을 나왔다. 마음 같아서는 방으로 올라가 쉬고 싶었지만, 노인과 중년인의 음험한 눈빛 때문에 포기하기로 했다.

곧장 대로를 따라 남쪽으로 내려간 그녀는 수주를 빠져나가며 슬쩍 뒤를 돌아다보았다.

객잔에서 봤던 노인과 중년인이 그녀의 뒤를 따라오고 있었다. 어쩌면 자신을 따라오는 것이 아닐 수도 있었다. 우연히 같은 길을 가게 된 것뿐. 그런데 이상할 정도로 신경이 쓰였다.

그녀는 마침 길이 갈라진 곳이 나오자 좌측으로 꺾어졌다.

우측은 남쪽으로 내려가는 관도였고, 좌측은 산으로 들어가는 길이어서 인적이 없는 곳이었다. 만약 저들이 자신을 쫓아오는 게 아니라면 그냥 지나칠 것이었다.

노인과 중년인은 그를 따라 좌측으로 꺾어졌다.

거리는 이십 장 정도. 여화란은 잠시 멈칫거리다가 뒤돌아섰다. 그리고 다시 길이 갈라진 곳으로 향했다.

그들과의 거리가 오 장으로 좁혀졌을 때였다. 노인이 여화란을 보며 얇은 입술 끝을 말아 올렸다.

여화란은 못 본 척 그들의 옆을 지나갔다.

"킬킬킬, 노부를 시험해본 거더냐?"

노인이 음산한 웃음소리를 내며 고개를 돌렸다.

동시에 중년인이 여화란을 향해 걸음을 내딛으며 손을 뻗었다.

"계집, 잠깐 이야기 좀 해볼까?"

여화란은 날갯짓하듯 소매를 저어서 중년인의 손을 휘감았다.

"어디서 개수작이냐!"

뜻밖의 반격에 중년인은 두 눈을 가늘게 뜨고 삼장을 쏟아냈다.

"흥!"

싸늘하게 코웃음 친 여화란은 중년인의 공격을 정면으로 받아쳤다.

퍼벅!

중년인은 움찔거리며 세 걸음을 물러섰다.

"계집이 제법이구나."

여화란은 싸늘한 눈으로 중년인을 바라보며 채대를 잡아 뽑았다.

"계속 하겠다면 이제부터 피를 볼 각오를 해야 할 것이다."

"후후후, 제법 사나운 계집이군. 어디 얼마나 버티는지 볼까?"

중년인은 손가락을 천천히 구부렸다가 폈다. 손가락 끝이 시뻘겋게 변했다.

손간, 중년인이 두 손을 뻗으며 여화란을 향해 달려들었다.

여화란의 채대와 중년인의 손가락이 빠르게 부딪치며 콩 볶는 소리가 울렸다.

따다다당!

시뻘겋게 변한 그의 손가락은 채대와 부딪치고도 끄떡없었다.

여화란은 상대의 손가락이 어떤 무기보다도 무섭다는 걸 깨닫고 빈틈을 주지 않기 위해서 쉴 틈 없이 채대를 휘둘렀다.

순식간에 십여 초가 흘렀다. 십여 초가 지났는데도 두 사람의 격전은 어느 한쪽으로도 기울지 않았다.

노인은 생각했던 것보다 더 강한 여화란의 무공에 놀란 표정을 감추지 못했다.
"킬킬킬, 그러다 그 계집에게 질지 모르겠군."
"걱정 마십시오, 사숙! 내 반드시 이 계집을 눕히고야 말 겁니다!"
　여화란은 격전이 길어지자 마음이 초조해졌다.
　노인은 아직 움직이지도 않은 상태였다. 이대로 시간이 흐르면 자신은 지칠 것이고, 노인이 움직이면 도주할 수조차 없을 것이었다.
　이를 악문 그녀는 전력을 다해 중년인을 몰아붙였다. 그러고는 중년인이 뒤로 두어 걸음 물러선 틈을 타서 땅을 박찼다.
　그녀가 관도 쪽으로 신형을 날리자, 기다렸다는 듯 노인이 허공으로 솟구치며 그녀의 측면을 공격했다.
"네년은 노부의 손에서 빠져나갈 수 없느니라!"
　노인의 신법은 여화란보다 더 빨랐다. 또한 노인이 쳐낸 장력에 실린 공력은 그녀가 감당하기 힘들만큼 강력했다.
　여화란은 몸을 틀며 채대를 휘둘러서 노인의 장력을 분산시켰다.
　떠덩!
　채대와 장력이 부딪칠 때마다 숨이 턱턱 막혔다. 충격이 어찌나 강한지 채대가 손아귀에서 빠져나갈 것만 같았다.
　이를 악문 그녀는 혼신을 다해 노인의 장력을 막아내면서,

오히려 상대의 힘을 이용해 계속 관도 쪽으로 날아갔다.
 그렇게 겨우 관도까지 나갔지만, 그녀의 몸은 채대를 휘두르기도 힘들 정도의 상태가 되어 있었다.
 노인은 여유 만만한 표정으로 여화란에게 다가갔다.
 "킬킬킬, 너를 놓치면 강호의 친구들이 나를 비웃을 게야."
 "사숙, 제가 그 계집을 처리하겠습니다."
 중년인이 재빨리 쫓아 와서 여화란을 잡아 죽일 듯이 노려보았다.
 하지만 노인은 여화란을 중년인에게 맡길 생각이 없었다.
 "됐다. 이제부터 노부가 직접 손을 쓰마."
 "사숙."
 "오랜만에 가슴을 뛰게 하는 계집을 만났어. 킬킬킬킬."
 중년인은 더 이상 나서지 않았다. 노인이 그렇게 말한 이상 계집은 이제 노인 차지였다.
 '늙은이가 욕심만 많아서……'
 그때 노인이 여화란에게 다가가며 물었다.
 "노부가 누군지 아느냐?"
 여화란은 채대를 쥔 손에 힘을 주고 노인을 노려보았다.
 "곧 죽을 늙은이 이름 따위 알아서 뭐한단 말이냐?"
 "흐흐흐흐, 노부의 이음은 채진이라고 한다. 강호의 친구들은 음혼신마라고 부르지. 혹시 들어본 적 있느냐?"
 여화란의 눈빛이 파르르 떨렸다. 그녀는 그 이름을 들어본 적이 있었다.
"음마궁의 주인인 음혼신마?"
"킬킬킬, 아는군. 노부를 따라 음혼궁으로 가자꾸나."
여화란은 숨을 몰아쉬며 흩어진 공력을 모았다.
음혼신마(淫魂神魔) 채진. 칠사팔마 중 세 손가락 안에 든다는 자다. 정상적인 실력으로는 절대 이길 수 없는 자.
더구나 그의 옆에는 자신 못지않은 고수가 하나 더 있는 판이다.
그녀는 이를 지그시 악물고 마지막 방법을 쓰기로 했다.
"호호호호, 미처 몰랐군요. 당신이 음혼신마일 줄이야."
갑자기 웃음을 터트린 그녀의 눈에서 은은한 기광이 흘러나왔다.
그녀는 여전히 웃는 표정으로 채진을 바라보며 말을 이었다. 염정환희공을 극한까지 끌어올린 채.
"그럼 제가 대항해 봐야 소용이 없겠군요. 하아……. 그러잖아도 어딘가 정착하고 싶었는데, 어쩌면 그것도 나을지 모르겠네요."
여화란의 목소리가 가늘게 떨려나왔다. 천하의 그 어떤 남자도 마음이 흔들릴 수밖에 없을 정도로 처연한 목소리였다.
여화란을 바라보던 채진의 눈빛이 순간적으로 흔들렸다.
"좋아요, 당신이 정 저를 원한다면……."
여화란은 모든 것을 포기한 듯 머리카락을 쓸어 올리며 채진을 향해 다가갔다.

 머리카락이 걷혀지고 그녀의 얼굴이 완전히 드러나자, 채진은 물론 그의 사질인 정두양도 눈빛이 몽롱하게 흐려졌다.

 여화란의 목소리가 점점 더 낮게 가라앉았다.

 "대신 제 가슴을 아프게 하면 안 돼요. 약속하실 수 있나요?"

 "무, 물론이다."

 "저를 영원히 행복하게 해주겠다고 약속해줘요."

 "그, 그렇게……, 하마. 너를 영원히……."

 "그럼 저를 안아줘요."

 여화란이 속삭이듯이 말하면서, 채진의 품속으로 안겨들듯이 달려들었다.

 채진이 여화란을 끌어안을 것처럼 손을 뻗었다.

 순간적으로 두 사람의 거리가 일 장으로 줄어들었다.

 찰나였다. 여화란이 채대를 든 손을 빠르게 올려쳤다.

 "사숙!"

 정두양이 대경해서 소리쳤다. 그는 여화란과 거리가 떨어져 있어서 염정환희공에 직접적인 영향을 받지 않은 상태였다.

 "헉!"

 정두양의 외침에 순간적으로 정신을 차린 채진은 반사적으로 몸을 뒤로 눕혔다.

 서걱!

 채대가 채진의 앞가슴을 훑고 지나갔다.

옷자락이 잘리고, 싸늘한 느낌과 함께 살갗이 갈라졌다. 하지만 깊이는 생각보다 깊지 않았다.
 여화란은 회심의 일격이 빗나갔다는 것을 느끼고 혼신을 다해 뒤로 몸을 날렸다.
 "네년이 감히!"
 분노가 머리끝까지 솟구친 채진은 천둥처럼 소리치며 여화란을 쫓아갔다.
 거리가 빠르게 가까워졌다.
 채진은 여화란과의 거리가 이 장으로 줄어들자 우장을 들어올렸다. 그의 장심이 하얗게 변했다.
 "감히 음혼의 주인인 노부를 희롱하다니! 네년의 혼을 제압해서 평생을 노리개로 부려주마!"
 순간, 백색의 음혼마장이 여화란의 등 뒤로 밀려갔다.
 여화란은 뒤에서 밀려오는 엄청난 경력을 느끼고는, 휙 몸을 돌려 채대를 휘둘렀다.
 콰광!
 "아악!"
 채진의 분노가 서린 음혼마장은 여화란의 몸을 이 장이나 날려버렸다.
 여화란은 바닥에 떨어진 뒤로도 몇 바퀴나 굴러서 관도의 가운데까지 굴러갔다.
 그때였다. 냉랭한 여인의 목소리가 관도를 울렸다.

"음흉신마 채진! 어디서 감히 여인을 농락하는 것이냐!"

휙, 고개를 돌린 채진은 수주 쪽을 쳐다보았다.

홍의와 백의를 입은 두 여인이 날듯이 달려오고 있었다. 그리고 그녀의 뒤로, 십여 명의 여인이 호위하는 거대한 사두마차가 보였다.

채진은 그 마차를 알고 있었다. 마차 안에서 들려온 목소리의 주인 역시.

"헉, 봉황차가 어떻게 여기에?"

대경한 그는 봉황차와 여화란을 번갈아보며 망설였다.

칠 년 전 봉황선자에게 된통 당해본 적이 있는 그로선 그녀의 목소리를 잊을 수 없었다.

-다시 만나면 사지를 잘라서 평생을 기어 다니도록 만들어 버릴 것이다!

당시 봉황선자는 도망치는 자신의 등 뒤에 대고 그렇게 말했다.

그는 사갈처럼 독하고 천하의 누구보다 강한 그녀와 마주치고 싶은 마음이 눈곱만큼도 없었다.

여화란이 아무리 절색의 계집이라 한들 어찌 자신의 목숨보다 귀할까.

그는 아쉬움을 접고 몸을 뒤로 뺐다.

"두양, 봉황궁의 계집들이다. 가자!"

채진과 정두양이 떠나간 자리에는 여화란만이 벌레처럼 꿈틀거리고 있었다.
 홍령이 먼저 여화란의 상태를 살펴보았다.
 그러다 여화란의 얼굴을 자세히 보고 나직한 탄성을 내질렀다.
 "아! 어쩌면 이렇게 아름다운 얼굴이……."
 오죽했으면 얼음처럼 냉랭하던 백령조차 눈을 크게 떴다.
 "채진이 바로 도망가지 않고 망설인 이유가 있었군."
 그때 마차 안에서 모용화민이 말했다.
 "홍령, 부상이 심한 것 같은데, 그 아이를 마차 안으로 데려오너라."
 "예, 궁주님."
 홍령은 여화란을 안아들고 마차 안으로 들어갔다.
 그리고 곧, 마차 안에서 기쁨에 찬 탄성이 흘러나왔다.
 "오오오! 전설로만 떠돌던 천음지체가 진실로 존재했었구나! 됐어, 이제 되었어! 오호호호, 모두 기뻐해라. 하늘이 우리 봉황궁을 굽어 살피시어, 삼백 년 만에 봉황이 날개를 펼칠 수 있게 되었도다!"
 "아아아, 드디어……!"
 "감축 드립니다, 궁주님!"
 "봉황의 영광이여!"

3.

─더 밀리면 끝장이다! 죽어도 이곳에서 죽는다!

모두가 같은 마음이었다.
제갈신운은 정천맹 총단에서 삼십 리 남쪽의 백암평에 배수진을 치기로 했다.
오는 동안 그는 정천맹 간부들과 머리를 맞대고 그곳에서 적을 막을 방법을 구상해 놓은 터였다.
완만한 경사, 좌우로 거대한 암산이 있고 시야가 트여 있어서 적의 움직임을 세세히 살필 수 있는 지형이었다.
뒤로 돌아서 오는 것을 생각할 수도 있었다. 하지만 산을 돌려면 적의 인원이 분산될 것이고, 감시를 해서 먼저 알게 되면 소수로 적을 막을 수 있는 곳이어서 불리할 게 전혀 없었다.
제갈현종이 정천맹 무사들을 지휘해서 진세를 구축하는 동안 제갈신운은 맹주 직속으로 다섯 명의 호법을 뽑았다.
갑작스런 일에 장로 몇 사람이 인상을 찌푸렸다.
대놓고 말은 안하지만 '지금 판국에 호법이라니. 맹주도 두려운 모양이군.' 그런 뜻이 담긴 표정이었다.
제갈신운은 무심한 눈으로 그들을 둘러보며 간단히 말했다.
"나를 지킬 사람이 아니라, 나와 함께 죽을 사람들을 뽑는 거요."

그렇게 백암평에 도착해서 준비를 하고 있을 때였다.

총단에 남아 있던 무사들과 천하에서 몰려든 정파의 협사 일천이 가세했다.

그들을 이끌고 온 사람은 원로고수 적양검제 장치량이었다.

"맹주! 정문을 지키던 놈들도 모두 데려왔네! 패하면 정문을 지킬 사람도 필요 없잖은가?"

그런데 그들 중에 뜻밖에도 황보가의 가주인 황보군과 소림의 장문인인 요광대사도 있었다.

"조금 늦었소이다, 맹주. 늦게 온 벌은 나중에 빌겠소이다."

"아미타불! 우리 소림도 정천맹과 운명을 같이하기로 했소이다!"

정천맹이 무너지면 가장 먼저 타격을 받을 곳이 바로 숭산의 소림과 정주의 황보가다. 그들은 더 구경만 하고 있을 상황이 아님을 알고 정예를 이끌고 달려온 것이다.

제갈신운은 뜻밖의 손님을 보고는 두 손을 잡고 힘차게 흔들었다.

"장문인과 가주께서 직접 오시다니, 감사합니다!"

일천의 지원무사. 개중에는 급하게 모여든 무사들도 많아서, 소림과 황보세가의 사람을 빼면 절정고수는 얼마 되지 않았다.

하지만 그들의 가세는 정천맹 무사들의 사기를 북돋고, 가슴속에 이길 수 있다는 실낱같은 희망을 심어주기에 충분했다.

제갈현종은 마지막이라는 심정으로 자신의 모든 능력을 발휘했다.

그는 제갈세가에서 대대로 내려오는 팔진도를 기초로 혼천미로진, 오행무원진을 기물 대신 사람으로 펼쳤다.

사람은 고정된 기물이 아닌 만큼 적의 공세에 대응하다 보면 진세를 오래 유지할 수 없었다. 그도 그 사실을 모르지 않았다.

하지만 그동안 적의 선봉을 봉쇄할 수 있을 것이고, 운이 좋으면 상당한 타격까지 줄 수 있을 것이었다. 적에게 진세를 파훼할 수 있는 자만 없다면 말이다.

동분서주하며 일천오백 무사로 이루어진 진세 구축이 끝나자 제갈현종은 이제 모든 것을 하늘에 맡겼다.

'그가 제때에 오기만 하면 적을 막아내는 것도 불가능한 일만은 아니거늘……'

정천맹 무사들이 진세를 갖추고 구천신교가 나타나기만 기다리고 있을 그 즈음. 정천맹 무사나 정파의 군웅들과 조금 다르게 보이는 무사들 오십여 명이 한쪽에 모여 있었다.

그들을 이끄는 사람은 여인이었는데, 한눈에 확 뜨일 정도로 아름다운 중년여인이었다.

황금선랑 이영영. 그녀가 마침내 남편과 아들을 찾아 이곳까지 온 것이다.

그녀는 천보장 무사들과 함께 정천맹의 대응을 지켜보며 눈살을 찌푸렸다.

천하의 주인처럼 행세하던 정천맹이 일패도지해서 이곳까지 물러난 마당이다. 그러니 그녀도 적이 강하다는 걸 모르지 않았다.

하지만 그럼에도 그녀는 정천맹의 대응을 이해할 수가 없었다.

그녀가 본 정천맹은 엄청난 전력을 갖추고 있었다.

모두 이천오백에 가까운 무사들. 개중에는 절정고수만도 수십 명이나 되었고, 어중이떠중이 삼류무사는 아예 그림자도 비치지 않았다.

더구나 전방에서 모든 일을 지휘하는 천유검 제갈신운은 그녀조차 넘보지 못할 절대지경의 기운을 지녔고, 대정천에서 나왔다는 고수들은 자신과 큰 차이가 나지 않는 고수들이 아닌가 말이다.

'적이 얼마나 강하기에 이런 대응을 갖추고도 당장 죽을 것 같은 표정들이야?'

그녀는 내심 불만이면서도 한 사람에 대해서만은 감탄을 금치 못했다.

이천오백 무사를 일사불란하게 지휘하는 사람, 제갈신운은 그녀가 이제껏 본 사람 중 가장 강하고 멋진 남자였다.

'그 인간이 저 사람의 반의반만, 아니 반의반의 반만 되어도 내가 여기 올 이유가 없는데…… 빌어먹을 인간.'

그녀는 못 먹을 떡에서 눈을 떼고, 중앙에 서 있는 대정천의 제자들을 둘러보았다.

'대정천은 대정천이군. 아주 대단해. 흥, 우리 은천문도 계속 무림에서 활동했으면 저 정도는 되었을 걸?'

그녀는 속으로 코웃음 치면서도 은근히 배가 아팠다.

그녀의 사문인 은천문(隱天門)도 한때는 밀천십지 중 하나로 위명이 쟁쟁했다.

그러나 칠십 년 전, 산서 설화산(雪花山)에서 봉황궁과 건곤일척의 승부를 겨룬 이후 대부분의 진신절학을 잃고 서서히 몰락의 길을 걸어야만 했다.

지금에 와서 남은 제자는 자신과 사숙을 비롯해 네 명뿐.

'봉황궁 년들은 어떻게 지내고 있는지 모르겠군. 그년들도 엄청난 피해를 입어서 한동안 숨어 지냈다고 하던데……'

그녀가 이런저런 생각을 하고 있는데, 제갈현종에게 갔던 서풍기가 달려왔다.

"장주, 우측 절벽 쪽의 방어진에 합류하라고 합니다."

"그래?"

"예, 위험하니까 함부로 나서지 말고 조심하라는데요?"

우측 절벽 쪽은 전방과 거리가 많이 떨어진 곳이었다. 상가인 천보장을 보호하려는 의도일 수도 있고, 그도 아니면 방해가 될까 봐 한쪽으로 내몬 것일 수도 있었다.

이유야 어쨌든 이영영은 그 결정을 반겼다.

"잘됐군. 싸움이 벌어지면 지켜볼 여유가 잠깐은 있겠어. 그런데 그 인간하고 무영이에 대한 말은 못 들었어?"

"저기, 대공에 대한 것은 알고 있는 사람이 얼마 없습니다만, 공자에 대한 이야기는 높은 사람치고 모르는 사람이 없습니다."

"그래? 제법 유명한가 보지?"

"그게, 맹주하고 동급으로 취급하던데요?"

"뭐? 오호호호, 무슨 헛소리야? 그 애가 나를 닮아서 똑똑하긴 하지만 아무리 그래도 나이가 몇인데."

'정말인데……'

그래도 서풍기는 고집부리지 않았다. 장주가 그렇다면 그런 것이었다. 아니어도 그렇게 알아야 생활이 편했다.

"하긴, 아무래도 젊은 나이에 이름을 얻다 보면 소문이 과장될 수도 있지요."

"그럴 수는 있겠지. 좌우간, 내가 그 인간 부인이라거나 무영이 엄마라는 말은 하지 않았지?"

"예, 그냥 지나가는 말처럼 슬쩍 물어봤습죠. 그런데 왜 하지 말라고 하신 겁니까?"

"그 인간 때문이지 뭐. 군웅들이 모인 곳에서 엉뚱한 짓이라도 하면 무슨 창피야?"

"그럼 공자의 어머니라는 말이라도……"

"서 총관도 생각해 봐. 내가 꼭, 애가 일 저질렀다고 쫓아온 엄마처럼 보일 거 아냐? 그걸 알면 사람들이 뭐라고 하겠어?"
　서풍기의 눈에도 그렇게 보였다. 그리고 사실이 그랬다. 하지만 이번에도 서풍기는 아무런 말을 하지 않았다.
　어쨌든, 이영영은 사도무영이 제법 이름을 날리고 있다는 말에 기분이 한결 좋아졌다.
　"자, 우리는 저쪽으로 가자."

　제갈신운은 이영영이 천보장 무리를 이끌고 가는 모습을 멀리서 바라보았다.
　"황금낭랑이 돈만 아는 여자인 줄 알았더니, 아름다운데다 의기도 있군요. 죽을지 모르는 곳에 직접 뛰어들다니 말입니다."
　제갈현종은 고개를 끄덕였다.
　"성격이 조금 강해서 그렇지, 여걸이라는 말을 들었다. 무공도 무척 강해서 낙양에서는 당할 자가 없다고 하더구나. 나중에 저들의 도움이 필요할지 모르니 신경을 써야 할 게다."
　정천맹이 이기더라도 워낙 많은 피해를 봐서 막대한 자금이 필요할 것이었다. 만약 패한다면, 차후 재기할 자금이 필요할 것이고.
　이러나저러나 천보장은 쓸모가 많았다.
　그런데 그 주인이 제법 강한 무공을 지녔고, 죽을지 모르는 전쟁터에 직접 나올 정도의 의기를 지녔다는 것은 상당히 고무적인 일이었다.

두 사람은 사도관이 들었으면 기겁할 말을 아무렇지도 않게 하면서 구천신교가 나타나기를 기다렸다.
 "그가 제때에 와주기만 한다면, 절망할 상황은 아니건만……."
 제갈현종의 중얼거림에 제갈신운은 쓴웃음을 지으며 하늘을 보았다.
 신의를 저버린 대가는 너무나 컸다. 한 번의 잘못된 결정으로 너무 많은 피가 흘렀다.
 누굴 원망하랴. 결국 정천맹의 업이거늘.
 '그가 오면 저들을 물리칠 수 있을 것이고, 오지 않으면 정천맹은 무너질 겁니다, 숙부.'
 사람들은 모른다. 사도무영이 천마궁과 용검회를 움직이고 있다는 걸.
 그걸 알았더라도 그를 남쪽으로 보냈을까?
 제갈신운은, 그래도 그리 했을 거라 생각했다.
 천마궁은 마도의 무리, 함께할 수 없다는 이유로. 용검회는 벽검산장이 싫어서. 사도무영이 우려했던 그대로 말이다.
 '훗.'
 속으로 헛웃음을 삼켰다. 모든 게 마치 누군가가 의도한 대로 흐른 것 같다는 생각이 들었다.
 하늘. 그래, 정천맹의 오만함을 응징하고자 하는 하늘의 의도대로!

그때였다. 갑자기 몸이 떨렸다. 문득 머릿속 저 깊은 곳에서, 어릴 적 조부님께 들었던 이야기 한토막이 떠오른 것이다.

그것은 혼돈의 전설에 대한 이야기였다.

'혼돈의 지배자가 나타난다고 했지……'

4.

쾅!

한 줄기 청광이 붉은빛 번들거리는 도신을 두 동강내고 목에 쑤셔 박혔다.

"컥!"

진홍평은 몸을 부들부들 떨며 주춤주춤 물러섰다.

한 걸음, 두 걸음.

목에서는 핏줄기가 실처럼 뿜어지고, 쩍 벌린 입에서는 핏물이 울컥거리며 쏟아졌다.

"너, 너……"

사도무영 일행은 진홍평이 이끄는 무리가 일행을 점검하는 동안 앞쪽으로 이동했다.

암습을 두려워한 구천신교 무리는 중앙에 뭉친 채 뒤만 경계하던 터여서 들킬 염려가 없었다.

앞쪽으로 간 그는 일행을 먼저 가게 하고 진홍평 무리가 오기만 기다렸다.
 곧 인원 점검을 끝내고 두려움에 질린 그들이 옅어진 안개를 뚫고 달려왔다.
 사도무영은 그들을 향해 다가갔다.
 대여섯 명이 선두에서 달려오고 있었다.
 구천신교 무리 중 수장으로 보이는 자들이었다.
 그 중 두 사람은 구천신교의 금황종파와 화화종파의 사람이었고, 세 사람은 마도문파의 고수들이었다.
 태연하게 다가가는 그를 향해 진홍평이 소리쳤다.
 "비켜라!"
 순간, 진홍평의 좌우에서 달리던 자들 중 하나가 앞으로 튀어나오며 칼을 휘둘렀다. 혈곡의 부곡주인 마혈도 종도지였다.
 새파란 애송이가 감히 자신의 발걸음을 방해하다니!
 그는 상대가 누군지 알 생각도 없었다. 그저 상대의 목을 잘라서 그동안 상한 자존심의 대가를 받고 싶을 뿐이었다.
 "귀가 먹었느냐, 이놈!"
 두툼한 칼날이 칼바람을 일으키며 사도무영의 머리 위로 떨어져 내렸다.
 순간, 한 발을 내딛어 상대의 도세 사이로 스며든 사도무영이 수라도를 잡아 빼 사선으로 그었다.
 허리어름에서 솟구친 벼락이, 스치듯 지나가는 종도지의 심장을 일격에 갈랐다.

"허억!"

종도지가 헛바람을 집어삼키며 그대로 꼬꾸라지자, 나머지 네 사람의 얼굴에 흠칫하는 표정이 떠올랐다.

특히 담가종의 눈은 튀어나올 것처럼 커졌다.

"너는 사……."

담가종이 입을 연 순간, 수라도가 허공을 다시 한 번 길게 가르고, 회천지가 벼락처럼 쏘아졌다.

달려오던 네 사람 중 둘은 대경하며 급히 몸을 틀고, 둘은 사도무영의 공세에 정면으로 마주쳐 왔다.

하지만 사도무영이 작정하고 손을 쓴데다가, 달려오던 속도마저 더해진 상황이었다.

퍽!

회천지가 몸을 틀던 자의 옆머리에 서푼 크기의 구멍을 뚫었다.

수라도는 마주쳐 오는 자들의 공세를 일격에 가르고, 무기를 튕겨낸 후 몸까지 갈랐다.

쉬이익! 떠덩! 서걱!

"크억!"

"흐읍!"

사도무영의 손속은 냉정하고 무자비했다. 그리고 가공하리마치 강했다.

몸을 틀어 겨우 공세를 피한 진홍평과, 한쪽 팔이 반쯤 잘라진 담가종은 이를 악물고 신형을 날렸다.

사도무영은 둘 중 진홍평을 다음 제물로 삼았다.

진홍평을 향해 뻗은 도첨에 청광이 구슬처럼 뭉쳤다 싶더니, 번쩍! 시퍼런 번개가 진홍평의 목을 노리고 뻗어갔다.

진홍평은 허공에서 몸을 휘돌리며 칼을 빼들고 사도무영의 공세를 막았다.

그러나 사도무영의 도세에는 그가 상상할 수조차 없는 거력이 실려 있었다.

쾅!

일 장의 거리를 뻗어가 칼날을 부러뜨린 도강은 단숨에 진홍평의 목까지 뚫어버렸다.

담가종은 진홍평이 죽어가는 걸 보고 정신없이 거리를 벌렸다.

다섯 중 넷이 죽고, 자신은 팔이 잘렸다. 눈 한 번 깜짝할 순간에 말이다.

그는 진실로 두려웠다.

지옥에 한 발 들였다가 겨우 살아나온 기분.

그때였다. 뒤따라오던 자들 중 누군가가 바로 뒤에까지 다가와서 그를 향해 소리쳤다.

"장로! 괜찮으십니까?"

담가종은 덜렁거리는 팔을 붙잡고 악을 쓰듯이 외쳤다.

"모두 저놈을 공격해"

따라오는 자들은 모두 이백팔십여 명이나 된다. 사영이 제아무리 강하다 해도 그들을 모두 죽일 수는 없을 것이었다.
 구천신교와 마도의 무사들 대부분은 앞에서 벌어진 일을 그때까지도 모르고 있었다.
 그들은 담가종의 명령이 떨어지자, 달려오던 그대로 사도무영을 향해 쇄도했다.
 사도무영은 그들과 끝없는 싸움을 벌일 생각이 없었다.
 자신이 앞으로 돌아와서 선두를 친 것은 수장들을 제거하고자 함일 뿐. 어느 정도 목적을 달성한 이상 이곳에서 시간을 소모할 이유가 없었다.
 훌쩍, 허공으로 몸을 날린 그는 바람을 타고 순식간에 사라졌다.
 구천신교와 마도의 무사들은 어안이 벙벙한 표정으로 허공을 바라보았다.
 하지만 그도 잠시, 그들은 촌각의 순간에 무슨 일이 벌어졌는지 상황을 깨닫고 몸서리 쳤다.
 "어, 어떻게 이런 일이……."
 그때 주춤주춤 물러서던 진홍평이 힘없이 쓰러졌다.
 "곡주님!"
 곡소철이 달려가 진홍평을 끌어안았다.
 진홍평은 덜덜 떨리는 손으로 곡소철의 옷깃을 붙잡고 안간힘으로 속삭였다.

"도, 돌아……가……."

광효는 불만인 표정으로 사도무영을 노려보았다.
마치 '왜 너만 재미보고 왔느냐' 며 따지는 눈빛이었다.
사도무영은 일절 변명하지 않고 돌아섰다.
"그만 갑시다."
당황한 무리에서는 수장이 선두에 서는 경우가 많다. 다른 자들보다 강하고 신법이 빠르기 때문이다. 그래서 앞서가 그들을 처리했을 뿐이다.
이제 저들은 빨리 달리지 못할 것이다. 합류가 늦어진다는 말. 그리고 그만큼 정천맹이 상대할 적이 줄어들 것이다.
그거면 목적은 충분히 달성되었다고 볼 수 있었다.
섭장천은 사도무영의 의도를 꿰뚫어보고 고개를 절레절레 저었다.
최소한의 힘을 쓰고 오백무사의 발걸음을 막았다.
천하에 이런 일을 이토록 간단히 처리할 수 있는 사람이 몇이나 될까?
셋, 넷?
'후우, 섭장천아, 너는 아직 멀었다…….'

제7장
백척간두(百尺竿頭)

1.

정오가 넘어가면서부터 시커먼 구름이 몰려왔다.

검은 천에 칼자국이 난 것처럼 찢겨진 먹구름 사이로 햇살이 비칠 때, 그들이 나타났다.

높이 쳐든 기치창검은 없었지만, 수십만 군마보다 더한 압박감이 밀려들었다.

그들은 정천맹이 진세를 갖춘 채 기다리고 있다는 걸 알면서도 조금의 거리낌도 없이 행동했다. 단 한 번의 싸움으로 정천맹의 기를 완전히 꺾겠다는 듯.

그들은 정천맹과 백여 장 떨어진 곳의 낮은 언덕에 도착한 후에야 걸음을 멈추었다.

그리고 한가운데가 도끼에 맞은 듯 쫙 갈라지더니 북궁마야가 앞으로 나왔다.
"와하하하! 도주하지 않고 맞설 생각을 하다니, 용기가 가상하구나, 제갈신운! 그 용기를 높이 사, 천하인 모두가 알 수 있도록 이곳에 너희들의 무덤을 크게 만들어주마!"
북궁마야의 목소리가 백암평에 울려 퍼졌다.
그는 후미의 오백무사가 도착하지 않았다는 걸 알고도 흔들리지 않았다.
오히려 그보다는 사영이 언제 합류할 것인지 그게 더 신경 쓰였다.
제갈신운은 북궁마야의 말을 듣고 목소리에 공력을 실어 소리쳤다.
"북궁마야! 누구의 무덤이 될지는 하늘만이 알 것이다!"
북궁마야는 고개를 쳐들고 하얗게 웃었다.
"후후후후, 어리석은 놈! 그 따위 허접한 진세를 믿고 큰소리치는 것이더냐?"
그는 더 시간을 끌고 싶지 않았다. 최대한 빨리 저들을 무너뜨리고 여주의 정천맹 총단에서 승리의 축배를 들고 싶었다.
"신유조! 시간 끌 필요 없다! 놈들의 진세를 부수고 백암평을 붉게 물들여라!"
"예, 대교주! 허접한 진세를 단숨에 부수어서 대교주께 영광을 바치겠습니다!"

"좋아! 공격명령을 내려라!"

신유조는 허리를 펴고 좌우를 둘러보며 소리쳤다.

"현천의 제자들이여! 현천의 세상이 눈앞에 도래했도다! 모두 나아가 저들을 쳐라!".

"와아아아아!"

"목숨을 아끼는 자는 제일 먼저 죽을 것이로다!"

"죽음을 두려워하지 않는 자, 현천세상에서 영광을 누릴 것이다!"

"가자! 가서 위선의 무리를 짓밟고 현천의 세상을 세우자!"

"마도천하가 다가왔다! 모두 칼과 검을 들고 놈들을 쳐라!"

구천신교의 교도들과 마도의 고수들은 얼굴이 벌겋게 상기된 채 백암평을 향해 밀려갔다.

쏴아아아아!

언덕을 내려가는 그들의 모습은 마치 산더미 같은 해일이 방파제를 넘어 밀려가는 듯했다.

쩡!

제갈신운은 밀려오는 적을 보며 검을 뽑았다.

구천신교와 합류했을 거라 생각했던 벽검산장 무사들이 보이지 않았다.

하지만 안심하지 않았다. 안심할 여유도 없었고. 그들이 없다 해도 불리한 것은 마찬가지였으니까.

"정의의 협사들이여! 검을 들어 마도의 무리를 쳐라!"
제갈신운의 목소리가 군웅의 마음을 뒤흔들었다.
"모두 목숨을 걸고 적을 막아라!"
"물러서지 마라!"
"죽고자 하는 용기로 적을 막으면 우리가 이길 수 있을 것이다!"
정천맹의 장로와 간부들이 여기저기서 소리치며 무사들의 용기를 북돋았다.
무사들도 두려움을 떨치기 위해 악을 썼다.
"얼마든지 와라, 이놈들!"
"우리는 지지 않는다! 지지 않아!"
"정의는 이긴다! 모두 힘을 내서 구천신교를 물리치자!"
그 사이 거리가 빠르게 가까워졌다.
정천맹의 선두에선 오당과 멸마십이대가 군웅들과 함께 진세를 이루고서 적이 다가오기를 기다렸다.
그리고 구천신교에선 마도오파의 무사들과 일곱 종파의 교도들이 먼저 나섰다.
언덕을 달려 내려온 구천신교 쪽 무사들은 비시진(飛矢陣)의 형태를 취한 채 곧장 정천맹의 진영 속으로 뛰어들었다.
"와아아아아!"
"죽여라!"
"현천의 세상을 위해!"

"강호를 지켜라! 저 개자식들을 죽여 버려!"

함성과 고함과 욕설이 난무했다. 하지만 그조차도 병장기 부딪치는 소리와 비명에 묻혔다.

선두에 있던 자들이 충돌하자, 뒤따라오던 자들은 싸우는 자들을 놔둔 채 다음 방어막을 향해 쇄도했다.

숨 한 번 쉬는 시간이면 수십 명이 새롭게 격전을 벌이고, 잠깐 주위를 둘러보고 나면 수백 명이 뒤엉켜 있었다.

전쟁!

그랬다. 말 그대로 전쟁이었다.

소수의 무사들이 싸우는 것과는 방식도 달랐고, 결과도 달랐다. 또한 일반 병사들이 벌이는 전쟁과도 달랐다.

각양각색의 무기가 햇빛을 받아 번쩍일 때마다 비명이 터져나오고, 피가 솟구쳤다.

공포를 느낄 새도 없었다. 죽이지 못하면 죽는다.

물러설 수도 없고, 물러서서는 안 되었다. 내가 물러서면 형제가, 동료가 죽으니까.

죽여라! 적을 죽여라! 그래야 우리가 산다!

하얗던 바위가 점점 붉게 변하고, 무사들은 그 위에 점처럼 찍힌 채 허우적거리며 죽어갔다.

그렇게 양 세력의 선두에 선 이천여 무사가 전면적인 격돌을 벌일 즈음, 마침내 구천신교 쪽에서 혈음사의 혈승들과, 현천백팔마령이 움직였다.

정천맹 쪽에서도 그에 대한 대책을 내놓았다.
"정천단은 철저히 조를 짜서 혈음사의 혈승들을 막아라!"
제갈현종이 소리쳤다.
정천단 중 일부가 다섯 명씩 조를 이루어서 혈음사의 혈승들을 향해 달려들었다.
"대정천 분들과 장로들은 저 괴물들을 막아주시오!"
제갈현종이 두 번째 명을 내렸다.
기다렸다는 듯 대정천의 제자들과 정천맹의 장로들이 현천백팔마령을 향해 날아갔다.
모두 사십여 명, 그들이라면 크게 밀리지는 않을 것이었다.
하지만 구천신교의 힘은 그들이 전부가 아니었다. 일곱 종파의 주요 고수 백여 명이 건재하고, 북궁마야와 그의 주위에 있는 자들은 아직 움직이지도 않은 상태였다.
그리고 가장 두려운 자, 북궁악이 남아 있었다.
제갈신운은 자신이 직접 뽑은 맹주 직속 호법 다섯 명과 함께 북궁악을 상대하기로 했다.
이길 거라는 생각은 하지 않았다. 사도무영이 올 때까지 버틸 수 있다면 다행이었다.
"정천단의 나머지 사람은 좌측을! 정협단은 우측을 도와주시오!"
제갈현종의 입에서 세 번째이자 마지막 명령이 떨어졌다.
정천단 삼백무사가 좌측으로 달려가고, 각지에서 모인 군웅들 중 일류고수 이상으로 형성된 정협단 이백이 우측으로 달려갔다.

이제 남은 사람은, 제갈신운과 새로 뽑은 맹주직속 호법 다섯 명, 요공대사와 대정천의 사대호법, 그리고 제갈현종뿐이었다.

북궁마야는 정천맹의 주요 전력이 모두 나오는 걸 보고 명령을 내렸다.

"시작하라!"

그의 일성이 언덕을 울리자마자 일곱 종파의 종주들이 자파의 고수들을 이끌고 일제히 움직였다.

그리고 북궁악도 천천히 걸음을 떼었다.

새로이 맹주가 된 제갈신운을 죽이기 위해서!

북궁마야 곁에 남은 사람은 신유조와 미불사, 현천이호령, 혈령조 등 일곱이 전부였다.

하지만 북궁마야의 표정에선 여유가 넘쳤다.

"동방가 놈들은?"

"내부 분란이 마무리되는 대로 도착할 것입니다, 대교주."

"후후후, 그놈들이 오면 볼만 하겠군."

"저들은 아마 싸울 의욕조차 잃을 겁니다."

2.

 사도무영이 광효와 섭장천과 금포쌍괴를 대동하고 전장에 도착한 것은 북궁악이 제갈신운을 향해 다가갈 무렵이었다.
 전장이 내려다보이는 곳에 올라선 그는 차가운 눈으로 상황을 살펴보았다.
 사도관 등 뒤따라오던 사람들이 곧 차례차례 도착할 것이었다. 하지만 그들이 올 때까지 기다릴 수는 없었다.
 그들이 오기 전에 어느 한쪽이라도 무너뜨려서 정천맹의 부담을 덜어줘야 할 것 같았다.
 아쉬운 점이라면 천마궁과 용검회 사람들이 아직 도착하지 않았다는 것이었다. 제때 연락이 되었다면 지금쯤 도착했을 텐데…….
 '형님, 너무 늦으면 안 됩니다.'
 그는 어떤 가정을 생각하고는, 이를 악문 채 전장을 노려보았다.
 벽검산장 사람들이 보이지 않는 걸 알게 된 것은 바로 그때였다.
 '설마 그놈들이 이 상황에서……?'
 사도무영은 곧바로 상황을 눈치챘다. 아니면 다행이지만, 아무래도 자신의 생각이 옳을 것 같았다.
 '빌어먹을 놈들! 불리해지니까 빠져나갔군!'

예상을 못한 것은 아니었다. 그렇다 해도 하필 지금 상황에서 마음을 바꾸다니.

그는 수라도를 빼들었다. 벽검산장의 사람들이 없는 이상 이대로 지켜보고만 있을 수 없었다.

'북궁악! 너는 내가 상대해주마!'

그러나 전장을 향해 신형을 날리려던 그는 어느 한곳을 보고 머리가 하얗게 비어 버렸다.

어이가 없었다.

저게 누구란 말인가!

'어머니가 왜 저기에 있는 거야?'

소리쳐 부르고 싶었다. 왜 거기 계시냐고. 대체 여긴 왜 왔냐고!

하지만 그럴 수가 없었다.

북궁마야나 북궁악이 알게 되면 이영영을 사로잡으려 할 것이었다. 훌륭한 인질이 될 테니까.

'젠장! 일단 어머니부터 빼돌려야 해!'

망설일 시간이 없었다.

곧장 전장으로 뛰어든 그는 적진을 가로지르며 곧장 이영영이 있는 절벽 쪽으로 달려갔다.

광효와 섭장천과 금포쌍괴는 멋도 모르고 그의 뒤를 따라 움직였다.

사도무영은 앞을 막는 자들을 향해 수라도를 휘두르고, 좌수를 비틀었다.
 쉬이익! 쩌저저적! 따당!
 수라도가 대기를 가를 때마다 대여섯 명이 한꺼번에 무너졌다.
 쐐에엑!
 지옥마갑에서 튀어나간 지옥전은 서너 명을 한꺼번에 휘어감고 무엇이든 잘라버렸다.
 그가 지나간 뒤에야 피가 튀고 비명이 터져 나왔다.
 "사, 사영이다!"
 "지옥수라도 사영이다!"
 뒤늦게 사도무영을 알아본 자들이 소리쳤다.
 구천신교 교도들에게 사영이라는 이름은 곧 공포의 대상이었다. 전체적인 상황이 월등히 우세함에도 그들은 두려움을 감추지 못하고 물러서기에 바빴다.
 더구나 사도무영과 함께 나타난 광효와 섭장천은 그들에게 또다른 두려움을 주었다.
 "아, 미, 타, 불! 마도의 무리는 지옥으로 가거라!"
 콰르르릉!
 "크어억!"
 "케엑!"
 광효의 쌍장에서 퍼져나가는 패도적인 천불수는 단숨에 칠팔 명을 휩쓸어서 수 장 밖으로 날려 보냈다.
 가공할 경력에 휘말려 혈맥이 터진 자들은 일어서지도 못한 채 칠공에서 피를 쏟아냈다.
 섭장천도 추호의 인정을 베풀지 않고 검을 펼쳤다.
 그의 검에서 쭉 뻗어나간 검강은, 잘 갈린 낫이 보릿대를 후려친 것마냥 상대의 모든 것을 베어냈다.
 베고, 찌르고, 물 흐르듯 자연스럽게 검이 펼쳐질 때마다 구천신교도들은 피분수를 뿜어내며 쓰러졌다.
 금포쌍괴는 그 뒷정리하기에 바빴다. 두 사람은 부상을 입고 물러서려는 자들을 확실하게 때려눕혔다.
 숫자는 다섯에 불과했다. 그러나 그들이 지나가는 자리는 태풍이 휩쓸고 간 것처럼 폐허가 되어버렸다.
 그런데 그들이 적진을 절반쯤 가로질렀을 때였다. 측면의 언덕 위에서 백여 명이 나타났다.
 동방력과 동방경을 비롯한 벽검산장의 검사들이었다.
 본래보다 오십여 명이 모자란 인원이었다. 구천신교와 손을 잡는 걸 반대하는 자들이 정천맹 공격에 잠가하지 않고 물러선 것이다.
 "놈들은 우리가 맡겠소!"
 "사영, 오늘은 확실히 죽여주마!"
 사도무영은 동방경의 목소리를 듣고 이를 갈았다.
 도망친 줄 알았다. 그것만 해도 욕이 절로 나올 일이었다. 그런데 상황을 보니 아예 말을 바꿔 탄 것 같지 않은가 말이다.
 "역시 비겁한 족속들은 어쩔 수가 없구나!"

"이놈! 어린놈이 뭘 안다고 헛소리를 하는 것이냐! 천하를 얻기 위한 계책을 어찌 네놈 따위가 알겠느냐!"

동방력이 노성을 내지르자, 사도무영이 앙천광소를 터트렸다.

"우하하하하! 지나가던 개가 웃을 일이군! 치졸한 배신 따위를 천하대계와 비교하다니!"

"흥! 참새가 어찌 봉황의 뜻을 아랴! 어리석은 놈!"

"봉황? 세상에 봉황이 다 죽었나 보군. 참새도 못되는 잡새가 봉황 흉내를 내다니. 창피하지도 않은가!"

말싸움에서 밀리자 동방력의 얼굴이 시뻘겋게 달아올랐다.

"이, 이 돼먹지 못한 놈이……!"

"아버님! 그놈은 제가 처리하겠습니다!"

동방경이 사도무영을 향해 날아가며 검을 뺐었다. 그 사이 동방효가 잠룡대와 용무단을 이끌고 사도무영을 포위했다.

구천신교의 교도들은 잘 되었다며 뒤로 물러났다.

사도무영은 동방경의 공세를 피하지 않았다. 어차피 이들을 처리하지 않고는 이영영에게 접근조차 할 수 없는 상황이었다.

"와라, 동방경!"

일갈을 내지른 사도무영은 날아드는 동방경을 향해 수라도를 뺐었다.

어머니도 구해야 하고, 북궁악도 막아야 한다. 몸이 하나인 이상 방법은 하나뿐이다.

속전속결!

사도무영은 결심을 굳히고 구성의 공력을 끌어올렸다.

콰과광!

동방경의 검에서 뻗은 옥룡과 수라도의 도강이 정면으로 부딪치며 일대를 강기의 폭풍지대로 만들었다.

동방효가 이끄는 잠룡대와 용무단은 안색이 해쓱해진 채 황급히 뒤로 물러섰다.

"마, 맙소사! 피해!"

"휩쓸리지 않게 조심하라!"

그 사이, 광효와 섭장천과 금포쌍괴가 동방력과 동방주천을 비롯한 벽검산장의 무사들에게 둘러싸였다.

벽검산장의 사람들은 광효와 섭장천이 어떤 사람들인지 생각조차 못했다.

그들은 곧 그 대가를 피로써 치러야 했다.

"네놈들이 마도 놈들에게 혼을 판 놈들이구나! 모두 지옥으로 보내주마!"

광효는 벽검산장이 정천맹을 배신했다는 걸 알고 두 눈에서 분노의 불길을 뿜어냈다. 평소보다 훨씬 더한 광기였다.

콰아아아아!

광효의 승포가 펄럭이며 가공할 기운이 회오리치며 솟구쳤.

거기에 더해서 섭장천마저 전 공력을 끌어올리자, 숨쉬기조차 힘들 정도의 기운이 일대 십여 장을 억압했다.

동방주천과 동방력은 그제야 뭔가가 잘못 되었다는 것을 느

껐다. 하지만 그때는 이미 광효와 섭장천이 공격을 시작한 후였다.
"아, 미, 타, 불! 마의 종자들을 모두 죽이리라!"
"배신자들은 죽어도 싸다!"
두 사람의 거대한 기운이 광풍폭우처럼 휘몰아치며 벽검산장 사람들을 덮쳤다.
그와 동시에 동방효와 잠룡대 다섯이 동방경을 돕기 위해서 사도무영을 공격했다.
사도무영의 눈에 이영영을 향해 날아가는 자가 보인 것은 바로 그때였다.

3.

한편, 정천맹 무사들의 피로 온몸이 시뻘게진 현유는 암벽 밑에서 싸우고 있는 천보장 사람들을 쳐다보았다. 언뜻 들린 '천보장의 무사들'이라는 말에 그의 눈빛이 반짝였다.
'오호라! 천보장이라면 낙양제일의 상가가 아닌가?'
천보장 사람들의 선두에서 구천신교 교도들을 쓰러뜨리는 아름다운 중년여인이 보였다.
문득 한 가지 소문이 떠올랐다.
'저 계집이 황금선랑 이영영인가 보군.'

그는 하얗게 웃으며, 천보장 무사들이 구천신교 교도들과 어우러진 곳으로 날아갔다.

십여 초만에 대여섯 명의 구천신교 교도를 눕힌 이영영은 날아오는 현유를 보고 이를 악물었다.

'보통 놈이 아니다!'

십여 장 허공을 자유자재로 유영하며 날아온다. 자신보다 약한 자가 아니다. 문제는 주위에 있던 호위무사들 대부분이 쓰러지거나, 한쪽으로 밀려서 자신과 상당히 떨어져 있다는 것이다.

하지만 나름대로 자신이 있는 그녀는 물러설 생각이 없었다.

오히려 검을 잡은 손에 더욱 공력을 집중시키고, 앞에 있는 구천신교 무사의 가슴을 갈랐다.

"모두 물러서라!"

현유가 소리치며 이영영의 삼 장 앞에 내려서자, 사이에 있던 구천신교 교도들이 뒤로 물러났다.

현유가 여유 있는 표정으로 걸음을 옮기며 물었다.

"계집, 네가 황금선랑 이영영이냐?"

"건방진 놈! 네놈은 에미도 없느냐?"

이영영은 한 마디로 현유를 깔아뭉개고 검을 치켜들었다.

"흐흐흐, 소문대로 입이 거친 계집이군. 일단 입을 막아놓고 봐야겠어."

현유는 음침한 웃음을 흘리며 쌍장을 휘둘렀다.

일순간, 묵령기가 일렁이며 이영영을 향해 밀려갔다.
이영영은 이를 악물고 묵령기에 정면으로 마주쳐갔다.
"흥! 네놈 따위를 겁낼 줄 아느냐? 얼마든지 상대해 주지!"
그러나 현유의 장력은 그녀의 생각보다 더 강했다.
콰르릉! 쩌정!
단 한 번의 부딪침으로 이영영은 현유가 자신보다 강하다는 걸 인정하지 않을 수 없었다.
'제기랄! 뭐 이리 강한 놈들이 많아? 강호가 언제 이렇게 변한 거야?'

사도무영은 마음이 다급해졌다.
당장 어머니가 계신 곳으로 달려가야만 했다. 그런데 둘러싼 자들이 벗어날 기회를 주지 않는다.
분노가 가슴 저 밑바닥에서 끓어올랐다.
어머니부터 안전한 곳으로 피신시켰어야 하는데!
후회와 분노가 뒤섞이며 살심이 솟구쳤다.
"비켜라!"
화르르르!
전 공력이 수라도를 통해 분출되고 반경 이 장이 수라도에 휩쓸렸다.
"크억!"
"물러서! 케엑!"

잠룡대와 용무단 무사 셋이 단 일도에 허리가 잘리고 목이 꺾인 채 튕겨졌다.

동방경과 동방효는 이가 부서져라 입을 악다물고 사도무영을 공격했다.

"어림없다, 이놈!"

"죽어라, 사도무영!"

이제는 그들도 더 이상 물러설 곳이 없었다. 이곳에서 죽이지 못하면 끝장이었다.

사도무영은 자신을 둘러싼 십여 명이 목숨을 걸고 달려들자 이를 갈았다.

'죽여 버리겠어!'

4.

단학이 거친 숨을 몰아쉬며 전장에 도착한 것은 이영영이 연신 뒤로 밀리며 악전고투하고 있을 때였다.

그는 전장의 중심을 피해서 측면으로 돌아갔다.

자신의 실력으로 중심에 들어갔다가는 몇 초 버티지도 못하고 죽기 딱 좋았다. 그는 정천맹을 위해 목숨을 바치고 싶은 생각이 개미눈물만큼도 없었다.

'지미, 대공과 함께 움직여야 위험이 덜 할 텐데…….'

공력이 높은 사도관과 신법이 뛰어난 그가 다른 사람보다 조금 앞서서 달려왔다.

사도관도 방성까지는 게으름을 피우더니, 아들이 싸우고 있을지 모른다는 생각 때문인지 더욱 힘을 내서 부지런을 떨었다.

그런데 십 리를 남겨놓고 변덕을 부렸다.

"아무래도 안 되겠어. 당신은 아까 지나온 마을에서 기다려. 그곳이 차라리 안전할 거야."

그러고는 나민을 데려다주고 바로 뒤따라간다며 마을로 갔다.

'그런 생각은 마을을 지나올 때 미리하면 안 돼? 하여간 못 말린다니까.'

단학은 투덜거리며 암산의 커다란 바위 뒤에 몸을 숨긴 채 전장을 둘러보았다. 바로 그때, 저 아래쪽에서 눈에 익은 사람이 보였다.

'헉! 장주!'

장주가 왜 여기에 있단 말인가!

하지만 그보다 더 그를 놀라게 한 것은 이영영이 상대하고 있는 자였다.

그는 이영영을 몰아붙이고 있는 현유를 보고 눈을 부릅떴다.

삼 년 전 사도무영을 추격했던 자다.

당시만 해도 이영영에 비해 약한 자가 아니었다. 그런데 지금은 더 강하게 느껴졌다.

'장주! 정면으로 맞서면 안 돼!'

대경한 단학은 앞뒤 가리지 않고 이영영이 있는 곳으로 신형을 날렸다. 다행히 그가 있는 곳과 이영영 사이에는 사람들이 많지 않았다.

암산에서 내려간 그는 지체 없이 이영영의 앞을 가로막으며 소리쳤다.

"장주! 제가 맡을 테니 어서 이곳을 빠져나가십시오!"

거친 숨을 몰아쉬던 이영영은, 단학이 갑자기 나타나서 상대의 앞을 가로막자, 일단 뒤로 빠졌다.

"이게 누구야?"

현유가 단학을 바로 알아보고 피식 웃었다. 하긴 단학의 특이한 모습은 한 번 마주친 자라면 누구든 잊을 수 없을 것이었다.

"오래전에 봤던 자군! 죽고 싶어서 왔다면 죽여주지!"

현유는 조소를 지으며 단학을 향해 쌍장을 들어올렸다.

희미한 묵광이 일렁이며 단학을 뒤덮어갔다.

단학도 칼을 들어 현유의 묵령기에 맞섰다.

숨이 턱턱 막히는 충격.

단학은 이를 악물고 현유의 공세를 차단했다.

그러나 그가 상대하기에는 현유가 너무 강했다. 그 역시 사도관 곁에 있으며 나름대로 노력했지만, 아쉽게도 그 차이는 크게 좁혀지지 않은 상태였다.

쩌저저정!

삼 초만에 단학의 얼굴이 창백해졌다.

'빌어먹을! 더럽게 강하군!'

전 공력을 모조리 끌어올린 단학은 혼신을 다해 현유의 공세를 막았다. 뿌연 도강이 막을 형성하며 묵령기의 전진을 막았다.

그러나 도를 타고 전해진 충격이 손목을, 팔을, 온몸을 뒤흔들었다.

조금만 참으면 돼. 곧 대공이 올 거야. 그만 오면 앞에 있는 놈을 처리할 수 있을 거야!

단학은 스스로를 다그치며 혼신의 힘으로 묵령기를 막았다.

한데 십 초 가량 흐를 때였다.

"제법이군! 하지만 너 따위와 더 이상 싸울 시간이 없구나!"

현유가 차갑게 소리치며 좌수를 뻗었다.

찰나였다. 현유의 뻣뻣한 좌수에서 시커먼 번개가 튀어나왔다.

검은 칼날! 현천마수에 숨겨진 기물 중 하나가 모습을 드러낸 것이다.

쉬익!

섬전처럼 쏘아진 여덟 치 길이의 검은 칼날은 단학이 피할 틈도 주지 않고 가슴에 박혔다.

"흡!"

뒤이어 우장이 단학의 가슴을 후려쳤다.

쾅!

"끄윽!"

뒤로 정신없이 물러서는 단학의 실 같던 두 눈이 눈동자가 확연히 보일만큼 커졌다.

그는 비틀거리며 뒤로 물러서면서도 현유에게서 눈을 떼지 않았다. 현유가 여유로운 웃음을 지으며 다가오고 있었다.

"단학! 안 돼!"

눈을 부릅뜬 이영영이 날카롭게 악을 썼다.

단학의 가슴에 꽂힌 칼날은 보이지 않았다. 하지만 옷자락에 구멍이 뻥 뚫려 있고, 그 구멍에서 시뻘건 핏물이 쏟아지는 것이 아닌가.

단학은 입술을 달달 떨며 억지로 입을 열었다.

"장주……, 오지 마……."

"단학!"

"크, 크, 크. 빌어……먹을……. 꼭 말하고 싶은 게……."

주르륵, 입에서도 핏덩이가 쏟아졌다.

그 모습을 보고 이영영이 눈을 부릅떴다.

"죽으면 안 돼, 단학! 죽지 마!"

"조, 좋아……, 했는데……, 그 말을…… 하고…… 싶었……."

"이 멍청이! 실력도 없으면서 왜 달려들어!"

이영영의 목소리가 살짝 떨려나왔다.

그녀도 어렴풋이 단학의 마음을 알고 있었다. 그럼에도 그녀는 단학을 차갑게 대했다. 단학은 자신을 넘볼 상대가 되지 못한다고 생각했으니까.

미안했다. 단 한 번도 따뜻하게 대해주지 않았는데 자신을 위해 목숨을 걸다니.

단학은 이영영의 목소리에 변화가 생겼다는 것을 느끼고 실쭉 웃었다.

죽으면 당연히 고통스럽고 두려울 줄 알았는데, 조금도 그런 기분이 들지 않았다.

"곧……, 대공께서……."

그는 웃음 띤 얼굴로 두어 마디 내뱉고는, 천천히 앞으로 꼬꾸라졌다.

털썩.

"단학!"

이영영이 비명을 지르듯 소리쳤다. 하지만 단학의 얼굴에 떠오른 웃음은 아무런 변화를 보이지 않았다.

죽었다, 단학이.

"단학……. 나 때문에……."

이영영의 몸이 부들부들 떨렸다.

현유는 그 모습을 바라보며 나직이 웃었다.

"후후후후, 계집, 이제 누구도 너를 도울 수 없을 것이다. 죽고 싶지 않으면 순순히 투항해라."

천보장은 낙양 제일의 상가. 구천신교가 천하를 얻는데 많은 도움이 될 것이었다. 그것이 바로 그가 만사 제쳐놓고 이영영을 먼저 공격한 이유였다.

예상 외로 강해서 지금까지 버텼지만, 이제는 독안에 든 생쥐나 마찬가지였다.

"천보장의 주인임을 높이 사서 죽이지는 않으마. 후후후후……."

이영영은 이를 뿌드득 갈며 현유를 노려보았다.

"개 같은 놈! 네놈이 단학을 죽이다니! 흥! 천보장은 네놈들에게 동전 한푼 주지 않을 것이다, 이놈!"

현유가 하얀 살소를 머금고 씩 웃었다.

"입이 거친 계집이군. 팔다리 두어 개 부러뜨려 놓으면 정신이 들겠지."

바로 그때였다.

현유의 뒤쪽으로 누군가가 빠르게 날아들었다. 그리고 곧 분노에 찬 욕설이 현유의 고막을 흔들었다.

"이런, 개자식! 네놈이 뭔데 내 마누라 팔다리를 부러뜨려!"

동시에 가공할 경력이 밀려들며 비명소리가 연이어 들렸다.

"켁!"

"크억!"

"막아……, 흐억!"

현유는 빙글 몸을 돌리며 뒤를 돌아다보았다.

한 사람이 구천신교 교도들의 머리를 징검다리 삼아 밟으며 빠르게 다가오고 있었다.

역시 한 번 본 자였다. 별 볼일 없던 자. 귀마궁에 쫓기며 자기 목숨 하나 건사하기 바빴던 자가 아닌가.

현유의 입가에 웃음이 걸렸다.

"난 또 누구라고. 죽고 싶어 환장한 사람이 오늘따라 많군."

"개자식! 감히 내 마누라를 욕보이고, 단학을 죽이다니! 다른 놈은 몰라도 네놈만큼은 내 반드시 몸을 다섯 쪽 내서 죽여주마!"

현유와 삼 장의 거리를 두고 내려선 사도관은 눈을 부라렸다. 그러고는 이영영을 향해 소리쳤다.

"당신은 뒤로 물러나 있어!"

이영영은 어이가 없었다.

앞에 있는 놈이 얼마나 무서운 놈인데 겁도 없이 대든단 말인가. 저 인간이 미쳤나?

"여보! 그놈은 당신이 상대할 수 없는 놈이야!"

사도관은 꿈쩍도 하지 않았다.

"걱정 마! 옛날의 내가 아니니까!"

오히려 호탕하게 소리치며 현유를 향해 다가갔다.

"저 인간이 죽으려고 환장했나……."

이영영은 발만 동동 굴렀다.

그때 사도관이 현유를 향해 검을 뻗었다.

"시작해 보자, 어린놈아!"

현유는 사도관이 검을 뻗은 후에야 사도관의 실력이 심상치 않음을 느꼈다. 하지만 그는 자신의 현천마수를 믿었다.

"좋아, 죽고 싶다면 죽여주지!"

그 즈음, 전장은 지옥으로 화해 있었다.

혈승들은 정천단 무사들이 사인일조를 이루어 상대했다.

동발에 한 사람이 죽어 가면, 다른 사람이 동료의 죽음을 담보로 혈승을 공격했다.

슬퍼할 새도 없고, 머뭇거릴 틈도 없었다. 자칫하면 동료가 죽음으로 만들어준 기회를 놓칠지 몰랐다.

처참지경에서의 악전고투!

눈물이 나올 정도로 참담했지만, 무사들은 비감어린 마음을 분노로 표출시켰다.

"절대 뚫리면 안 된다!"

"죽여라! 우리가 죽더라도 놈들을 죽여야 한다!"

"악귀 같은 놈들! 네놈들 따위에 무너질 정천맹이 아니다!"

"으아아아! 죽어어어어!"

대정천의 제자와 정천맹의 장로들은 현천백팔마령을 상대했는데, 그들도 상황이 크게 다르지 않았다.

마령은 감정이 말살당한 자들답지 않게 강하고 빨랐다. 감각도 일반인보다 몇 배나 예민해서 상대의 공격을 반사적인 행동으로 피했다.

　더구나 검은빛 도는 피부는 철갑처럼 단단했고, 무두질한 가죽을 열두 겹 덧댄 것처럼 질겼다.

　대정천의 제자와 정천맹 장로들은 그들을 쓰러뜨리기 위해 전력을 쏟아야 했다.

　그들 개개인의 실력은 분명 현천백팔마령보다 강했다. 특히 대정천 제자들의 무위는 정천맹 장로들보다도 더 강해서 마령은 부딪칠 때마다 물러서기에 바빴다.

　문제는 숫자가 적다는 것이었다.

　마령은 팔다리가 잘린 상태에서도 공격을 멈추지 않았다. 그들은 몸이 검에 뚫리면 한 손으로 상대의 검을 잡고 무기를 휘둘렀다.

　그리고 또 다른 자가 뒤에서 옆에서 달려들었다.

　"크크크크……."

　내장을 쏟아내며 음울하게 웃는 자들. 그들은 인간이 아닌 마물이었다.

　"잊었느냐! 놈들의 숨이 끊어지기 전까지는 한시도 마음을 놓지 말아라!"

　대정천의 제자 중 팔대호정위를 이끄는 공우가 악을 쓰듯 소리쳤다.

　팔대호정위 중 하나인 남궁운이 마령의 팔을 자르고 잠깐 다른 곳에 정신을 팔았다가 어깨를 뼈가 드러날 정도로 다쳤다. 또 다른 제자는 마령의 복부에 검을 꽂고 방심하다가 허리가 반쯤 베어져 죽었다.

그렇게 죽거나 크게 다친 대정천의 제자가 벌써 일곱 명을 넘어섰다.

'이대로 가다가는 저 마물을 다 죽이기 전에 우리가 먼저 전멸할지 모른다.'

그는 그것이 두려웠다. 전멸을 당한다 해도 저 마물만큼은 모조리 제거해야 하거늘!

정천맹의 장로들도 사정이 다르지 않았다.

마령은 지옥의 악귀나 다름없었다.

죽여도, 죽여도 다시 살아나는 악귀!

시간이 흐르면서 하나둘 마령에 둘러싸여 죽어간다. 잘리고, 찢기고, 밟히고……

비참한 죽음이다. 무인의 죽음과는 거리가 먼 그런 죽음.

누군가가 미친 듯이 노성을 내질렀다.

"악귀 같은 놈들! 인간도 아닌 놈들은 모두 지옥으로 돌아가라!"

"오냐, 이놈들! 다 함께 죽자!"

광기!

그렇다. 정천맹의 장로들은 반쯤 제정신이 아닌 상태에서 마령을 상대했다.

처음에는 두려움과 공포가 그들의 정신을 억압했다. 그러나

시간이 지나면서, 저 깊은 곳에서 솟구친 광기가 두려움을 밀어내 버렸다.

그 사이 한쪽에서는 구천신교 각 종파의 종주와 장로급 고수들을 정협단과 정천단이 막고 있었는데, 격전이 벌어진 지 얼마 되지 않았는데도 벌써 바닥이 핏물로 흥건했다.

끊임없이 터져 나오는 비명과 병장기 부딪치는 소리, 광기에 찬 악다구니.

고막이 먹먹했다. 눈이 시뻘겋게 충혈 되었다.

피와 죽음을 부르는 광기만이 존재하는 곳.

제아무리 간 큰 자라 해도 두려울 법했다. 그러나 정협단과 정천단은 단 한 사람도 물러서지 않고, 악을 쓰며 상대를 향해 미친 듯이 달려들었다.

"결코 나 혼자 죽지는 않을 것이다! 같이 죽자, 구천신교의 마인들아!"

"우하하하! 내 한 몸 바쳐 강호의 정의를 지킬 수 있다면 무엇이 아쉬우랴!"

"두 눈 뜨고 잘 봐라, 이놈들! 이게 바로 중원의 정의니라!"

그렇게 전쟁터가 지옥으로 변해갈 무렵, 제갈신운은 검을 쥔 손에 힘을 주고 전면을 노려보았다.

북궁악이 삼십 장 앞까지 다가와 있었다.

그는 피와 시신으로 뒤덮은 백암평을 유람이라도 온 듯 천천히 걸어서 가로질렀다.

처음에는 정협단 무사들이 멋모르고 달려들었다. 그리고 비참하게 죽어갔다. 손 한 번 제대로 못써보고, 몸이 터져서.

그 광경은 일대를 한순간에 공포로 몰아넣었다.

뒤늦게 제갈신운의 명을 받은 제갈현종이 다급히 소리쳤다.

"그자를 막지 마라! 그는 맹주님께서 처리하실 거다! 물러서!"

무인지경.

주단을 깐 것처럼 길이 뚫렸다. 전쟁터에 말이다.

참으로 두려운 존재가 아닐 수 없었다.

'우리가 저자를 막지 못한다면, 저자의 손에 수백 명이 죽을 것이다. 어쩌면 정천맹이 저자 하나로 인해 무너질지도……'

제갈신운은 결연한 표정으로 요공대사를 바라보았다.

"천주, 천주께선 사대호법과 함께 북궁마야를 맡아주십시오."

요공대사는 불호를 외며 눈을 감았다 떴다.

"아미타불, 빈승의 목숨으로 저들을 막을 수 있다면 무엇이 아쉬우랴. 사대호법은 나를 따르라!"

요공대사와 사대호법이 북궁마야 쪽으로 날아가자, 제갈신운은 다섯 명의 호법을 돌아다보았다.

황보상, 팽기진, 소림의 정법, 무당의 송원, 화산의 하진.

처음부터 북궁악과 싸울 생각을 하고 임명한 사람들이었다.
"우리 모두 북궁악과 함께 죽읍시다. 대 정천맹의 맹주와 호법이 손해 볼 수는 없지 않겠소?"
호법들의 눈빛이 파르르 떨렸다.
그들도 맹주가 자신들을 왜 갑자기 호법으로 임명했는지 잘 알고 있었다. 그런데도 막상 목숨을 내걸고 북궁악과 싸울 상황이 되자 가슴이 싸늘하게 식었다.
그때 황보상이 피식 웃으며 말했다.
"맹주, 육 대 일이면 손해 아닙니까? 오 대 일로 하지요. 그 정도면 손해는 아닐 것 같습니다만."
호법들은 죽어도 맹주는 살아남으라는 말.
나머지 네 명의 호법도 비장한 웃음을 지으며 고개를 끄덕였다.
"크크, 조금 아쉽긴 하지만, 그 정도로 만족하지요."
"나도 그러고 싶긴 한데, 저놈이 보통 놈이 아니라서 말이오. 자, 놈을 잡으러 갑시다!"
제갈신운은 때 아닌 너스레를 떨고 몸을 돌렸다. 격정이 차올라서 견딜 수가 없었다.
"예, 맹주!"
제갈신운을 따라 걸음을 옮기는 그들의 눈에서 정광이 쏟아졌다.
싸늘하게 식었던 가슴에서 활화산의 용암처럼 뜨거운 열기가 피어올랐다.
 그래, 우리의 죽음으로 형제와 사문을 지킬 수 있다면 두 번인들 못 죽으랴!

 날듯이 달려간 제갈신운은 오대호법과 함께 북궁악을 포위했다.
 '우리가 목숨을 던져서 이자의 팔 하나를 잘라놓는다면, 사도무영이 충분히 죽일 수 있겠지!'
 참으로 벽검산장의 배신이 더욱 더 뼈저리게 느껴지는 상황이었다. 그들만 배신하지 않았어도 이렇게 형편없이 밀리지는 않았을 것이 아닌가!
 사도무영도 벽검산장이 아닌 구천신교의 무리들을 상대했을 것이고 말이다!
 제갈신운은 분노를 삭이며 검을 들었다.
 "함께 죽자, 북궁악!"
 북궁악이 하얗게 웃으며 두 손을 들어 올렸다.
 "후후후후, 어리석군. 오늘로써 정천맹은 종말을 고하게 될 것이다. 지금이라도 무릎을 꿇고 현천을 섬겨라, 제갈신운."
 웃음소리와 함께 현천마존기가 그의 몸 전체에서 안개처럼 피어났다.
 "개소리하지 마라, 이놈!"
 제갈신운은 버럭 노성을 내지르고는 오대호법과 함께 북궁악을 향해 쇄도했다.
 상대가 완벽한 기운을 끌어올리기 전에 눈곱만큼이라도 이득을 봐야 했다.

제8장

제자여, 지옥(地獄)을 품어라!

1.

　사도무영은 노성과 함께 나타난 사도관을 보고 안도의 한숨을 쉬었다.
　현유에게 단학이 죽고, 어머니가 있는 곳에 아버지가 나타났다. 천만다행이었다.
　아버지라면 현유를 이길 수 있겠지!
　하지만 아버지가 나타났다고 해서 분노가 가라앉은 것은 아니었다.
　단학이 죽었다. 그리고 하마터면 어머니가 죽을 뻔했다.
　그것만으로도 분노가 치솟는데, 배신의 무리가 앞을 막고 터주질 않다니!

사도무영은 동방경을 향해 십성의 공력이 실린 아수라무광일도단천식을 펼쳤다.

 전과 달리 푸른빛조차 보이지 않는 영롱한 구슬이 도첨에 맺혔다.

 심상치 않다고 느꼈는지, 동방경도 전력을 다해 옥룡검기를 펼쳤다.

 찰나였다. 눈부신 빛이 도첨에서 번쩍이는가 싶더니, 광폭하게 달려드는 옥룡을 집어삼켰다.

 동시에 쾅! 하는 일성 굉음과 함께 동방경의 몸이 뒤로 날아갔다.

 "경아!"

 동방효가 대경하며 사도무영을 향해 달려들고, 그때까지 살아남았던 잠룡대 세 사람과 용무단 셋도 가세했다.

 사도무영은 좌수를 획 뿌려서 지옥전을 발출하고는, 도를 휘둘러 수라파천을 펼쳤다.

 잠룡대 하나의 목을 꿰뚫은 지옥전이 옆으로 흐르며 또 다른 자의 몸을 휘어 감았다. 그와 동시에 수라도의 도강이 동방효의 검세를 반으로 갈랐다.

 순간 동방효의 안색이 시커멓게 죽었다.

 십성의 공력이 실린 일도에는 그의 상상을 초월하는 가공할 경력이 실려 있었다.

 콰광! 쩡!

격돌음과 병기 부서지는 소리가 연이어 들렸다.

"끄어억!"

뒤로 날아가는 동방효의 입에서 기괴한 신음이 흘러나왔다.

부서진 검조각 하나가 동방효의 눈을 파고들어 뒤통수까지 빠져나온 것이다.

사도무영은 그에 아랑곳하지 않고 잠룡대와 용무단의 남은 무사들을 공격했다.

죽음을 두려워하지 않는다는 잠룡대와 용무단 검사들의 얼굴에 공포가 떠올랐다.

그때 동방경이 악귀 같은 모습으로 달려들었다.

"개자식! 죽여 버리겠다!"

핏물이 흐르는 입, 흐트러진 머리카락, 너덜너덜한 옷을 펄럭이며 달려든다. 광기로 인해 제정신이 아닌 모습.

사도무영은 차가운 눈으로 그를 쳐다보며 좌수를 들어올렸다.

고오오오오!

순간, 대기가 그의 손안으로 빨려 들어가는 것처럼 보이는가 싶더니, 한 줄기 영롱한 번개가 장심에서 뻗어나갔다.

시간을 단축시키기 위해 회천공령장을 펼친 것이다.

콰르르릉! 쾅!

영롱한 번개는 옥룡을 가루로 만들고, 동방경의 가슴에 틀어박혔다.

입을 쩍 벌린 동방경의 몸뚱이가 달려들던 속도보다 더 빨리 뒤로 튕겨졌다.
"경아야!"
동방력이 미친 듯이 소리치며 동방경을 불렀다.
하지만 그는 아무런 도움도 줄 수가 없었다. 도움은커녕 동방주천 등과 함께 광효와 섭장천을 막기에 급급했다.
한데 그때였다.
하늘을 무너뜨릴 것 같은 광소가 계곡을 뒤흔들었다.
"으하하하하! 현유를 죽이다니, 제법이구나!"
사도무영은 뺨을 불에 댄 사람처럼 홱, 고개를 돌렸다.

2.

사도무영이 동방경을 몰아붙이고 동방효를 죽이던 그 무렵.
사도관은 완벽해진 중천화로 현유를 몰아붙였다.
공력마저 현유보다 월등히 강한 그의 검은 한순간에 현유를 궁지로 몰아넣었다.
현유는 뒤늦게 자신이 감당할 사람이 아님을 알고 마혼심령술을 펼쳤다. 그러나 절대지경에 도달한 사도관은 그의 사술에 걸려들지 않았다.
오히려 현유로선 그 바람에 자신의 빈틈만 드러냈을 뿐이었다.
"어디서 잡술을 쓰려는 것이냐, 이놈!"

대경한 현유는 급히 몸을 틀었다.

그는 전력을 다해서 사도관의 검에 맞서며 단 한 번의 기회를 노렸다.

기회만 잘 잡으면 순식간에 상황을 역전시킬 수 있었다.

'두 번도 필요 없어! 한 번만 기회가 오면……'

오 초가 흐를 즈음, 사도관의 검이 현유의 어깨를 갈랐다. 그리고 십 초가 지나면서 현유의 목과 얼굴이 검강에 쩍 벌어졌다.

"크으으윽!"

현유는 미친 듯이 무형묵령기를 쏟아내며 사도관의 검에 대항했다.

"내 마누라를 모욕하다니! 죽어라, 개자식!"

사도관은 이영영에게 들으라는 듯 큰 소리로 외치며 대천화 일식인 일검만화를 펼쳤다.

보다 완벽해진 일검만화는 절대의 검이었다. 부상이 심한 현유가 막기에는 너무도 버거운 검.

사도관의 검에서 쭉 뻗어나간 검강이 현유의 심장을 훑고 지나갔다.

피분수가 솟구치며 현유의 눈이 튀어나올 것처럼 커졌다.

사도관은 이제 끝났다는 마음으로 현유에게 다가갔다.

"건방진 놈! 건들 사람을 건드려야지! 지옥에 가거든 신룡검협이 보내서 왔다고 해라!"

사도관은 멋진 마지막을 장식하기 위해 검을 쳐들었다.
뜻밖의 일이 벌어진 것은 바로 그때였다.
현유가 좌수를 들더니 사도관을 가리켰다. 누가 봐도 마지막 몸부림처럼 느껴지는 광경이었다.
한데 그걸 보고 이영영이 소리쳤다.
"조심해!"
염왕만큼이나 무서운(?) 이영영의 외침에 사도관이 한순간 주춤했다.
찰나였다. 현유의 좌수에서 대여섯 줄기의 묵광이 번쩍였다.
사도관은 반사적으로 검을 내리치며 몸을 틀었다.
하지만 거리가 너무 가까웠고, 현천마수에 숨겨진 기물, 현천마뢰는 너무도 빨랐다.
쩌저정! 퍽!
세 줄기는 사도관이 휘두른 검에 튕겨지고, 한 줄기는 그가 피하는 바람에 비켜나갔다.
그러나 심장을 향해 날아온 하나가 그대로 그의 가슴에 박혔다.
"흡!"
사도관은 숨을 들이키며 마저 검을 휘둘렀다. 쭉 뻗어나간 검강이 현유의 목을 스쳤다.
피분수가 사방으로 뿜어지면서 현유의 머리가 옆으로 미끄러졌다.

사도관이 비틀거리며 뒤로 물러서자, 이영영이 악을 쓰며 나무랬다.

"이 멍청한 인간아! 마지막까지 조심해야지, 뭐 잘났다고 거기서 잘난 체를 해!"

'다, 당신이 부르지만 않았어도……'

사도관은 이영영이 원망스러웠다.

부르지만 않았어도 주춤거리지 않았을 것이고, 나머지 하나도 마저 피했을 것이다. 아니면 튕겨내던지.

'제길, 마누라 목소리는 언제 들어도 무섭단 말이야.'

한데 느낌이 조금 이상하다. 심장이 다쳤으면 지금쯤 피가 뿜어지며 격렬히 몸을 떨어야 할 텐데…….

사도관은 슬쩍 자신의 가슴을 내려다보았다.

피가 나오긴 하지만, 심장이 뚫렸다고 보기에는 양이 적다.

그는 다급히 진기를 일으켜 상처 부위를 살펴보았다. 맥도 별 다른 이상이 없고, 움직이는 데도 큰 이상이 없었다.

'다행히 심장은 비켜나간 건가?'

그랬다. 반사적으로 몸을 튼 바람에, 그리고 아들에게 얻어놓은 금덩이에 맞고 방향이 틀어지면서 칼날이 갈비 사이에 박히고 만 것이다.

'금덩이는 역시 좋은 것이야.'

바로 그때, 뒤쪽에서 광소가 들렸다.

"우하하하하!"

엄청난 기운이 실린 광소!
사도관은 좋아할 새도 없이 고개를 돌렸다.
제갈신운을 몰아붙이던 자가 자신을 향해 날아오는 게 보였다.
'헉! 하필 제일 무서운 놈이……!'
얼굴이 창백해진 사도관은 급히 뒤로 물러섰다.

"아버지! 조심하세요!"
옆을 돌아본 사도무영은 대경해서 소리쳤다.
북궁악이 오대호법 중 셋을 죽이고 사도관을 향해 날아가고 있었다. 부상당한 제갈신운과 호법 둘을 놔둔 채.
아마도 현유의 죽음을 보고 분노한 듯했다. 아니면 아버지가 부상이 심한 제갈신운보다 더 위험하다고 판단했든지.
"북궁악! 그대는 나와 싸우자!"
동방경과 동방효가 죽음으로써 더 이상 방해물이 없는 상황.
사도무영은 즉시 사도관이 있는 곳으로 신형을 날렸다. 동방경이 없는 이상은 광효와 섭장천과 금포쌍괴도 한동안 견딜 수 있을 것이었다.
그런데 이번에는 북궁마야가 그의 앞을 막았다.
"사영! 네놈은 내가 죽여주마!"
그는 요공대사와 사대호법을 상대하던 중 동방경이 죽자, 그들을 혈뢰마불과 비천사에게 맡겨놓고 단숨에 백여 장을 날아왔다.

그리고 그의 뒤를 이어 미불사가 이끄는 현천호령 둘과 혈령조 다섯, 장로 넷이 도착해서 사도무영을 포위했다.

"킬킬킬, 이번에는 절대 빠져나가지 못할 것이다, 사영!"

마음이 다급한 사도무영은 또다시 공력을 십성까지 끌어올렸다.

나중에 내력이 딸려 북궁악에게 밀리는 한이 있어도, 당장은 이들부터 처리해야 아버지를 구할 수 있을 것이었다.

'회천선기와 현천수호령을 함께 끌어올리면 오래 걸리지 않을 거야.'

그는 모험을 하기로 했다.

구오자에게 치료받을 때, 두 기운이 독기로 인해서 융화된 적이 있었다. 아직 두 기운을 함께 끌어올려 본 적은 없지만, 어렵지는 않을 것이었다.

'한 번 융화된 적이 있으니 충돌을 일으키지는 않을 거야.'

어쩌면 회천선기만 사용하는 게 더 나을 수도 있었다. 어차피 두 기운을 끌어올린다고 공력이 늘어나는 것도 아니니까.

한데도 그런 생각을 한 이유는, 북궁마야가 구천신교의 사람이기 때문이었다. 현천수호령은 현천교의 교주를 견제할 수 있는 기운이 아닌가 말이다.

결심을 한 그는 속으로 법문을 외며 현천수호령의 기운을 끌어올렸다.

사도무영에게 다가가던 북궁마야는 왠지 모를 께름칙한 느낌에 걸음을 멈추었다.

　사도무영은 그 사이 현천수호령의 기운을 회천선기에 융화시켰다.

　마음이 초조해서 미칠 것 같았다. 하지만 겉으로는 아무 내색을 하지 않고 허공만 바라보았다.

　'형님! 어떻게 된 겁니까? 형님의 마음 이해합니다. 그래도 더 늦으면……, 제가 원망할지 모릅니다. 부디 제가 형님을 원망하지 않게 해주십시오.'

　그는 위지양이 왜 늦는지 어렴풋이나마 그 이유를 알고 있었다. 그 마음을 이해하지 못할 것은 없었다. 자신조차 천보장의 일만 아니었다면 이번 전쟁에 적극적으로 나설 이유가 없었으니까.

　하지만 그로 인해서 최악의 경우가 생긴다면, 그는 누구도 용서치 않을 것이었다.

　천마궁도, 용검회도.

　자신의 가족을 위험하게 만든 자가 있다면, 그가 누구든 오직 적일뿐이었다.

　사도무영과 북궁마야가 대치한 사이, 사도관은 이영영이 있는 곳까지 물러나서 이를 악물고 검을 들어 올렸다.

　심장을 피했다고는 하지만 칼날 하나가 가슴에 박힌 상태였다. 잘하면 이삼 초 정도 펼칠 수 있을 듯했다.

"여보, 내가 저자를 막는 동안 멀리 물러나시오. 알았소?"

"당신 걱정부터 해!"

이영영이 빽 소리쳤다.

하지만 사도관은 기분이 조금도 나쁘지 않았다. 나쁘긴커녕 웃음이 걸릴 정도로 좋았다.

'이 인간'이라고 하지 않고 '당신'이라고 한 것이다. 그것도 약간 떨리는 목소리로. 말투로 봐서는 당연히 '이 인간'이라고 해야 하거늘.

"당신을 위해서 죽는다면 조금도 후회되지 않을 거요. 음하하, 하, 하……, 으음!"

'가슴이……. 제길, 괜히 웃었네.'

사도관은 그래도 꾹 참고, 다가오는 북궁악을 노려보았다.

북궁악은 재미있는 일이라도 있는 것처럼 피식 웃으며 걸음을 옮겼다.

"훗, 웃기는 작자군. 걱정 마라. 너와 네 부인을 함께 죽여 줄 테니까."

순간, 그의 전신에서 현천마존기가 피어올랐다.

사도관은 생각했던 것보다 훨씬 강한 압력에 절로 이를 악물었다.

사방에서 수만 근 압력이 몸을 짓누르는 기분이었다.

몸이 성하다 해도 자신이 상대할 수 없는 자. 사도관은 북궁악의 무서움을 바로 알아챘다.

하지만 마누라를 뒤에 두고 피할 수는 없는 일이었다.
죽는 한이 있어도!
한데 이상했다. 죽을지 모른다는 생각이 들자 오히려 마음이 편해졌다.
'내 운도 여기까지인가? 나민이 보고 싶군. 그래도 그녀 덕분에 몇 년 행복했는데……'

사도무영은 북궁악이 사도관에게 다가가는 것을 보며 강제로 두 기운을 융화시켰다.
더는 지체할 시간이 없었다.
무리를 하더라도 포위망을 뚫는 수밖에!
'안 돼! 아버지! 조금만, 두어 번의 공격만 막아주세요, 제발!'
그러나 아직 사도관의 운이 다 끝난 것은 아니었다.
"아버님! 그자는 제가 상대하겠습니다!"
서쪽의 암산 위에서 낭랑한 일성이 들려왔다.
직후 암산의 능선에 백 명 가까운 무사들이 나타났다. 마침내 위지양과 천마궁의 고수들이 도착한 것이다.
"누가 감히 내 아버님을 협박한단 말이냐!"
위지양은 노성을 내지르며 한 마리 대붕처럼 몸을 날렸다.
사도관에게 다가가던 북궁악이 고개를 들고 그를 바라보았다.
북궁악의 입가에 싸늘한 살소가 맺혔다. 그는 위지양의 강함을 알아보고 나직한 웃음을 흘렸다.

"후후후후, 정말 재미있는 놈들이 많군."

사도관이 코웃음 치며 뒤로 물러났다.

"흥! 재미도 있을 것이다! 저 멋지게 생긴 청년이 바로 철혈신마니까!"

사도무영은 기뻐서 소리라도 지르고 싶은 마음이었다.

'오오, 왔어! 형님이 왔어!'

하지만 지금은 기뻐하고 있을 때가 아니었다.

그는 급한 마음을 가라앉히고 두 기운을 융화시키는 일에만 집중했다.

그때 또 백여 명이 남쪽의 언덕을 넘어오며 소리쳤다.

"동방력! 용검회의 자존심을 시궁창에 빠뜨린 네놈을 용서치 않을 것이다!"

"동방주천! 이 미친 늙은이야! 대체 이게 무슨 짓이란 말이냐!"

순우겸과 순우만, 순우진 등 포검산장의 고수들이었다.

그러잖아도 광효와 섭장천으로 인해 곤욕을 치루고 있던 동방력과 동방주천 등은 대경해서 눈을 부릅떴다.

"순우가 놈들이……!"

"저놈들이 어떻게 여기에 왔단 말이냐?"

그에 대한 대답은 순우겸이 했다.

"사도 공자! 조금 늦었네! 동방가는 우리가 처리할 테니 걱정 말고 그들을 상대하게나!"

포검산장의 고수들은 곧장 벽검산장의 검사들을 공격하고, 천마궁의 고수들은 혈음사의 혈승들을 향해 몰려갔다.

느닷없는 상황에 북궁마야의 눈빛이 흔들렸다.
'철혈신마? 천마궁의 궁주가 왜 이곳에 나타난 거지?'
게다가 순우가라면 장안 포검산장의 용검회 본류가 아닌가!
믿을 수 없었다. 그러나 믿지 않을 수도 없었다.
철혈신마가 아니고서야 어찌 저런 신위를 보일 수 있을까.
또한 포검산장에 대해선 동방가가 증명해주지 않는가.

숫자는 이백 정도. 하지만 하나하나가 고수들로, 상황을 반전시키기에 부족하지 않은 인원이다.

이제는 북궁마야의 마음이 급해졌다.
그는 분노가 활활 타오르는 눈으로 사도무영을 노려보았다.
"결국 네놈이 문제였구나!"
십성의 전 공력을 끌어올린 그의 전신에서 묵운이 넘실거렸다.
찰나였다. 북궁마야의 두 눈에서 기이한 광망이 일렁였다.
눈이 마주친 순간, 사도무영의 몸이 잘게 떨렸다.
북궁마야는 그 순간을 놓치지 않고 두 손을 휘저었다.
콰아아아아!
거대한 묵룡이 사도무영을 집어삼킬 것처럼 밀려갔다.
그때였다. 사도무영의 흐릿해져가던 눈빛에서 싸늘한 한광

한데 그게 아니었다.

큰 차이는 아니나, 그 차이가 분명하게 느껴졌다.

'참으로 세상은 넓구나. 하지만 너 역시 나를 이기기가 쉽지는 않을 것이다!'

위지양은 이를 지그시 악물고 모든 공력을 다 끌어올렸다.

북궁악도 전력을 쏟아내 위지양을 몰아붙였다.

어느 순간, 그의 몸을 회오리처럼 휘돌던 묵광이 위지양을 뒤덮었다. 극성의 현천마존기였다.

위지양은 천마혈심장을 펼치며 북궁악의 공세를 차단했다.

바로 그때였다.

"어디 이것도 받아봐라!"

북궁악이 대뜸 소리치더니 두 손을 쫙 뻗었다.

찰나, 그의 장심에서 시커먼 손바닥이 불쑥 튀어나왔다. 현천마존기로 펼치는 현천마존수(玄天魔尊手)였다.

처음에는 보통 손바닥이나 다름없는 크기였다. 그러나 이 장 앞으로 접근하는 순간, 크기가 두 자 가까이 커졌다.

손바닥 크기만 커진 것이 아니었다. 위지양이 압박감을 느낄 정도로 위력도 배가되었다.

위지양은 더 이상 견디지 못하고 검을 뽑았다. 그러고는 천마의 검 일식을 펼쳤다.

천마동천(天魔動天)!

위지양이 검으로 원을 그리는 순간, 거대한 손바닥이 그 안이 번뜩였다.
 동시에 수라도가 묵룡을 가르며 뻗어나갔다.
 쩌저저적!
 '헛! 역시 이놈에게는 현천마마령이 통하지 않는 게 확실하구나!'
 북궁마야는 다급히 두 손을 휘둘러 사도무영의 도세를 막고는 뒤로 물러났다.
 동시에 기회만 보던 자들이 일제히 사도무영을 공격했다.

3.

 위지양은 천마의 힘을 끌어내 북궁악과 맞섰다.
 경천동지의 대결은 그들의 주위 십여 장 암반을 완전히 갈아 뭉갰다.
 콰과광! 콰르릉!
 바위가 으스러지고, 말라있던 나무들이 먼지처럼 부서졌[다].
 그렇게 십여 초가 흐르자, 위지양은 처음으로 하늘 위에 [하]늘이 있음을 깨달았다.
 사도무영이 자신보다 강할지 모른다 짐작하긴 했지[만 이렇게] 차이를 확연히 느낄 정도로 강할 거라고는 생각지 [못했다.]
 그리고 북궁악 역시 그럴 거라 생각했다.

제자여, 치욱(地)

으로 말려 들어가는가 싶더니 굉음을 내며 터져 나갔다.

콰아앙!

갈라지고 터져나간 것은 손바닥만이 아니었다.

쩌저저적!

두 사람이 딛고 있던 거대한 암반도 그물처럼 갈라지며 터져나갔다.

위지양은 그물처럼 갈라진 암반에 고랑을 만들며 삼 장을 밀려났다. 북궁악의 현천마존수를 막아냈음에도 충격을 완전히 해소시키지는 못한 것이다.

북궁악도 적지 않은 충격을 받은 듯했다.

하지만 그는 묵운에 휩싸인 채 위지양을 다시 공격했다.

미세한 차이. 그 차이가 결정적인 순간에 그러한 결과로 표출된 것이다.

위지양은 혼신을 다해 공력을 끌어올리고 검을 들어올렸다.

다시 한 번 두 사람의 기운이 정면으로 부딪쳤다.

콰르르릉!

이번에는 암반 자체가 들썩이며 천둥소리가 났다.

북궁악은 이 장 밖으로 튕겨지고, 위지양은 무거운 걸음을 옮기며 뒤로 다섯 걸음 물러났다.

걸음마다 발밑의 바위가 퍽퍽 터져나가고, 석 자 깊이의 구덩이가 파였다.

게다가 입가에는 가느다란 핏줄기마저 보이는 상황.

그런데 북궁악은 큰 충격을 받지 않았는지 조소를 흘리며 또 날아들었다.

"흐흐흐, 아직 멀었다, 철혈신마!"

위지양의 얼굴이 돌덩이처럼 굳어졌다.

바로 그때, 사도관이 위지양의 우측에서 날아들었다.

"내가 도와주겠네!"

위지양이 당하면 그 다음은 사도관과 이영영 차례였다. 아니면 아들이 공격당하든지.

어차피 당할 거라면 조금 일찍 당한다고 해서 차이날 것도 없었다. 잘하면 위지양이 다시 일어설 여유를 벌 수 있을지도 모르고.

그는 대천화 삼식 중 아직 완성하지 못한 무상일화(無想一化)를 펼쳐서 북궁악의 측면을 공격했다.

위지양은 사도관의 도움을 거절하지 않았다. 일순간 진기의 흐름이 막혀서 공력을 칠성 이상 끌어올리기가 어려운 상황, 오히려 누군가의 도움이 절실하던 터였다.

그는 혼신의 기운으로 천마의 검 중 천마중천(天魔重天)을 펼쳤다.

찰나!

세 사람의 기운이 뒤엉키는가 싶더니, 벽력음과 함께 세 사람이 뒤로 튕겨졌다.

사도관은 일 장을 튕겨진 뒤 떼굴떼굴 서너 바퀴를 더 구른

다음에야 겨우 멈췄다.

위지양은 이 장을 날아간 뒤 비틀거리며 몸을 세웠는데, 창백한 얼굴이 일그러지는가 싶더니 시뻘건 선혈을 한 움큼 쏟아냈다.

"우웩!"

반면 북궁악은 훌훌 날아서 삼 장 밖에 내려섰다. 얼굴이 살짝 창백해지긴 했지만 상태가 두 사람보다는 훨씬 나았다.

"크크크크, 좋아, 둘을 한꺼번에 죽여주는 것도 좋겠지."

"진짜 무지막지하게 강한 자식이네……."

사도관은 질렸다는 투로 북궁악을 끝까지 씹고 나서 털썩 주저앉았다.

순간 그의 가슴과 등에서 핏줄기가 뿜어졌다. 충격으로 가슴에 박혔던 현천마비가 몸을 관통하고 뒤로 빠져나간 것이다.

"여보오오오!"

이영영이 그 모습을 보고는 놀라 소리쳤다.

사도관은 씩 웃으며 이영영을 돌아다보았다.

"미, 미안……. 이겨서 당신을 지키고 싶었는데……."

"잔소리 말고 빨리 일어나요!"

두 손을 꼭 쥐고 소리치는데 몸을 덜덜 떤다.

사도관은 그 모습에 감동해서 멍한 눈으로 이영영을 바라보았다.

'흐흐흐, 저게 정말 내 마누라란 말이지?'

이런 상황만 아니면 정말 좋을 텐데…….
제기랄!

사도무영은 가슴에서 피가 뿜어지는 사도관을 보고 눈을 부릅떴다.
"아버지이이이이이!"
"으하하하! 사영, 애비 걱정할 것 없다! 네놈도 곧 따라 죽을 테니까! 놈을 죽여라!"
북궁마야가 앙천광소를 터트리며 소리쳤다.
현천호령 둘, 혈령조 다섯이 사도무영을 공격하고, 장로 넷은 그가 북궁악에게 가지 못하도록 빠져나갈 길을 차단했다.
순간! 오연히 서 있는 사도무영의 두 눈에서 새파란 한광이 뿜어졌다.
분노가 극한에 이른 상태.
콰아아아!
몸속 깊은 곳에서 잠자고 있던 기운이 올올이 깨어나며 폭주하자, 그의 몸을 중심으로 강기의 회오리가 휘돌았다.
그리고 어느 순간, 그의 두 눈이 뒤집어지며 흑진주처럼 새카만 눈동자가 드러났다.
제이의 눈동자, 신안이 마침내 그 모습을 드러낸 것이다.
사도무영의 입에서 나직하면서도 소름끼치는 목소리가 흘러나왔다.

"다 죽여 버리겠어!"

「크카카카카! 그래! 다 죽여 버려라!」

죽은 듯 지내던 지옥천종이 흥분해 소리쳤다. 무천진인도 들뜬 목소리로 거들었다.

「제자여! 회천공령장으로 놈들을 쓸어버려라!」

동시에 현천호령과 혈령조의 공세가 사도무영에게 떨어져 내렸다.

사도무영은 손에 들린 수라도를 휙! 뿌리고, 지옥전을 발출했다.

쉬아아악! 쾅!

이령의 몸이 도와 함께 사선으로 쪼개졌다.

비명을 지를 새도 없었다.

그가 시뻘건 단면을 드러낸 채 그 자리에 꼬꾸라질 즈음, 지옥전은 혈령조를 덮쳤다.

은은한 청광이 일렁이는 지옥전과 지옥전사는 이전과 달리 살아있는 뱀처럼 움직였다.

혈령조원 하나의 이마에 구멍을 뚫은 지옥전은 거기서 멈추지 않고 또 다른 자의 몸을 감았다. 그리고 사도무영이 손을 살짝 휘젓자, 혈령조원의 몸을 가르며 빠져나왔다.

세 사람이 무너진 것은 그야말로 찰나의 순간에 벌어진 일이었다.

하지만 그것은 시작에 불과했다.

사도무영은 회수되던 지옥전사로 코앞까지 다가온 혈령조원의 목을 휘어 감고 가볍게 손을 비틀었다.

목이 잘린 혈령조원의 칼이 회천무벽에 부딪치며 튕겨졌다.

동시에 그의 신형이 흔들린다 싶더니, 시퍼런 번개가 일령의 머리 위로 떨어져 내렸다.

"헉!"

대경한 일령은 급히 검을 들어 수라도를 막았다.

쾅!

일성 굉음과 함께 일령의 검이 부러지고, 몸이 두 쪽으로 갈라졌다.

한순간에 다섯을 제거한 사도무영의 신형이 장로들을 향해 움직였다.

대경한 장로들이 뒤로 물러서려는데 수라도가 허공을 갈랐다.

그때였다. 북궁마야가 노성을 내지르며 그의 뒤를 쳤다.

"이놈!"

전력을 다한 그의 현천마령기는 사방을 차단한 채 사도무영을 짓눌렀다.

무쇠조차 부술 정도의 가공할 경력이 담겨 있는 묵빛 강기가 머리 위를 짓누른다.

사도무영은 거짓말처럼 빠르게 돌아서며 밀려드는 묵빛 강기를 수라도로 쳐냈다.

쿠구궁!

하늘이 쪼개진다면 그런 소리가 들릴까 싶은 천둥소리가 귀청을 먹먹케 했다.

동시에 그토록 강하던 수라도에서 살얼음 갈라지는 소리가 났다.

수많은 격돌로 인해 극도의 충격을 받은 도신이 절대 거력을 더 이상 견디지 못한 것이다.

하지만 북궁마야도 그 이상의 타격을 받고 안색이 해쓱해졌다.

콰아아앙!

결국 북궁마야는 달려들던 것만큼 빠르게 뒤로 날아갔다.

사도무영은 그물처럼 금이 간 도를 바닥에 내던지고 장로들을 향해 돌아섰다.

그의 손에서 도가 없어지자, 기회만 엿보던 장로 넷이 달려들었다. 도가 없으니 왼손에 있는 기괴한 무기만 조심하면 될 거라 여긴 듯했다.

"죽어라, 이놈!"

"이제 끝장이다!"

그 순간, 사도무영의 전신에서 청광이 햇살처럼 뿜어지며 회오리처럼 휘돌았다. 극성의 회천무벽이 회천선기와 현천수호령이 융화된 힘으로 펼쳐진 것이다.

회천무벽으로 몸을 보호한 그는 달려드는 장로들 사이로 뛰어들며 십 지를 튕겼다.

쐐에에엑!

제자여, 지옥(地獄)을 품어라! 255

열 줄기의 뇌전이 쏟아지자 달려들던 장로들은 반사적으로 몸을 틀었다.

그러나 그들이 피하기에는 회천지가 너무나 빨랐다.

퍼버벅!

"크억!"

"헉!"

이마가 뚫린 자, 어깨가 뚫린 자. 몸에 한두 개씩 구멍이 난 장로들은 달려들 때만큼이나 빠르게 뒤로 물러섰다.

사도무영은 그들을 그대로 놔두지 않았다.

우르르릉! 쩌저적!

도가 없는 두 손에서 풍뢰수와 건곤무영인과 회륜천강권이 연이어 펼쳐졌다.

물러서던 장로들의 눈이 화등잔만 해지고, 입이 쩍 벌어졌다.

콰광! 퍼버벅!

폭풍처럼 휘몰아친 강기는 네 명의 장로를 단숨에 허공으로 날려버렸다.

가슴이 뭉개지고 머리가 터진 그들은 비명도 제대로 지르지 못한 채 삼 장 밖으로 나가 떨어졌다.

하지만 북궁마야도 보고만 있지 않았다.

"너도 죽어라!"

묵운에 휩싸인 그가 사도무영의 머리 위에서 떨어져 내렸다.

휙, 몸을 돌린 사도무영의 두 눈에서 청광이 일렁였다.

"지옥으로 보내주마, 북궁마야!"

그는 폭주하는 기운을 두 손에 모으고 북궁마야를 향해 들어올렸다.

지옥의 불길이 그대의 혼을 영원히 지옥 속에 가두리라!

「크카카카카! 이게 바로 고금제일의 마력, 지옥영겁화(地獄永劫火)니라!」

흥분한 지옥천종이 미친 듯이 소리쳤다.

동시에 사도무영의 온몸에서 시퍼런 불길이 폭발하듯이 솟구쳤다.

북궁마야의 부릅뜬 두 눈이 튀어나올 것처럼 커졌다.

하늘을 뒤덮은 시퍼런 불길!

영혼조차 태워버릴 것 같은 기세다.

'이, 이건 무슨……?'

난생 처음 공포를 느낀 북궁마야는 최후의 힘까지 모조리 쏟아냈다.

찰나였다. 지옥의 불길이 묵운을 집어삼키고, 북궁마야의 몸마저 삼켜버렸다.

"크아아악!"

허공에서 공포에 질린 비명이 터져 나왔다.

사람들은 북궁마야의 마지막 모습을 보고 눈을 부릅떴다. 시퍼런 불길에 휩싸인 북궁마야가 한 줌 재처럼 스러져버린 것이다.

"나무아미타불 관세음보살! 맙소사! 저 아이에게 지옥의 힘마저 웅크리고 있었구나!"

전장을 향해 달려오던 공이대선사는, 사도무영이 지옥영겁화를 펼치는 모습을 보고 자신도 모르게 합장했다.

"마, 맙소사!"

공이대선사와 함께 도착한 소명진인과 무당의 장로들, 무당산의 기인들 모두가 그 광경을 보고 말을 더듬거렸다.

불법과 도를 수련한 그들이기에 지옥영겁화가 어떤 종류의 기운인지 누구보다 확실하게 느낀 것이다.

반면 사공강은 그 모습을 보고 피가 끓었다.

"저희가 먼저 가보겠습니다!"

그가 전장을 향해 신형을 날리자, 장막심과 양류한, 도담, 적도광도 무기를 빼들고 사공강을 따라 달렸다.

방성을 출발한 후, 아들이 걱정된 사도관이 먼저 달리고 나머지는 그 뒤를 따라왔다.

싸움이 끝났으면 어쩌나 걱정했는데, 다행히 아주 늦지는 않은 듯했다.

곧장 전장으로 뛰어든 그들은 구천신교 무리를 향해 달려들었다.

4.

 북궁마야가 죽어가는 모습은 양쪽 모두에게 충격을 주었다.
 구천신교의 대교주가 죽었다!
 그것도 아예 먼지처럼 사라져버렸다!
 그 일은 사기 면에서도 엄청난 반향을 불러일으켰다.
 부상을 입은 채 조마조마한 마음으로 바라보고 있던 제갈신운은 자신도 모르게 검을 하늘 높이 쳐들고 외쳤다.
 "천외천룡 사도무영이 대교주를 죽였다! 모두 힘을 내서 적을 물리쳐라!"
 입에서 피가 튀는 대도 멈추지 않고 오히려 목소리를 높였다.
 "정천맹의 무사들이여! 힘을 내라!"
 "와아아아아!"
 "조금만 더 힘을 내자! 이제 이길 수 있다!"
 "악마들을 죽여라! 형제들의 복수를 하자!"
 함성이 암산을 무너뜨릴 것처럼 울렸다.
 사도무영 일행과 천마궁, 포검산장의 합류로 미세하나마 유리했던 상황이 그때부터 일시에 한쪽으로 기울기 시작했다.
 하지만 북궁악은 그런 상황에 조금도 구애받지 않았다.
 "크하하하하! 정말 강한 놈이로구나!"
 그는 북궁마야가 죽은 것에 대한 분노보다 호승심을 더 앞세웠다.

위지양과 사도관마저 놔둔 채 돌아선 그는 사도무영을 향해 신형을 날렸다.
"어디 나와 누가 강한지 겨루어보자!"

사도무영은 지옥영겁화를 펼친 순간 온몸의 기력이 모조리 빠져나간 기분이 들었다.

사실 지옥영겁화는 그의 의지로 펼쳤다기보다, 극한의 분노로 인해서 무의식중에 펼쳐진 것이었다. 어쩌면 지옥천종의 부추김 때문일 수도 있고.

문제는 그로 인해서 내력을 제대로 조절하지 못했다는 것이었다.

그는 북궁악이 허공을 성큼성큼 밟으며 날아드는 걸 보고 혼신의 힘을 다해 내력을 모았다.

이제 북궁악만 처리하면 되었다. 그만 제거하면 구천신교를 지휘할 자가 없는 것이다.

그런데 문제가 생겼다.

공력이 한순간에 빠져나가고 북궁마야마저 죽자, 분노마저 가라앉아서 지옥대능력을 펼칠 수가 없었다.

'제기랄! 역시나 강한 만큼 부작용도 만만치 않군.'

회천공령수를 펼쳤다면 이 정도까지는 안 되었을 텐데.

하지만 이미 지난 일. 후회 되지는 않았다. 어쨌든 그로 인해서 아버지와 의형을 구했으니까. 아직 완벽하게 구한 것은 아니지만.

 그는 잡생각을 떨치고 오직 공력을 모으는 일에만 집중했다.

 잠깐 사이, 오성의 공력이 돌아왔다. 잘하면 북궁악이 공격할 때까지 칠팔 성은 되찾을 수 있을 것 같았다.

 한데 사도무영과 십 장의 거리를 두고 내려선 북궁악은 바로 공격하지 않았다.

 "후후후후, 세상에 내 적수가 없을 거라 생각했는데, 역시 세상은 넓어. 안 그런가?"

 '오냐, 넓지. 구석에 갇혀 산 네놈은 상상도 못할 만큼.'

 사도무영이 비웃으며 진기를 다스리는데 북궁악이 말을 이었다.

 "나는 내 위에 누가 있는 걸 싫어한다. 그래서 아버지가 사라진 것도 괜찮은 일이라고 생각하고 있지. 크크크크."

 이런 미친놈!

 이놈이야말로 진짜 악마가 아닌가!

 사도무영은 눈을 부릅뜨고 북궁악을 노려보았다.

 비록 자신이 북궁마야를 죽이긴 했지만, 북궁악에게는 부친이 되었다.

 그런데 죽은 것이 괜찮다고?

 그게 제정신을 가진 놈이 할 말인가!

 "북궁악, 너는 개자식이다."

 좀 더 시간을 끌어야 하는데, 워낙 화가 나니 욕이 먼저 튀어나왔다.

"후후후, 사람마다 사는 법이 다 같을 수는 없는 것이 아니겠느냐."

"그래도 사람이라면 지켜야 할 도리라는 게 있는 법이다. 그 중에 하나가 바로, '효(孝)'라는 것이지. 너 같은 짐승은 모르겠지만."

"효 따위는 살아있을 때나 필요하지 죽으면 아무 쓸모도 없는 거다."

"크크, 내가 말을 잘못했군. 너는 개자식이 아니다, 북궁악. 개자식만도 못한 놈이지. 짐승도 어미가 죽으면 슬퍼하거든."

담담하던 북궁악도 계속된 사도무영의 비웃음에 표정이 굳어졌다.

"어리석은 놈. 하늘은 그 모든 것을 초월해야 하는 법이다. 이제 너에게 진정한 하늘을 보여주마."

북궁악이 걸음을 옮겼다.

그가 걸음을 옮기자 진정 하늘이 움직이는 듯했다.

사도무영은 두 손을 쥐었다 폈다.

팔성의 공력이 운집되었다.

빌어먹을! 조금만 더 있으면 구성까지는 가능하겠는데……

그러나 북궁악은 그의 사정을 봐주지 않았다.

거리가 오 장으로 줄어들자, 북궁악이 손을 들어 뻗었다.

"아미타불!"

좌측에서 염불소리가 들리더니, 한 사람이 북궁악을 향해 날아들었다. 광효가 동방주천을 쓰러뜨린 후 북궁악마저 죽이겠다고 달려온 것이다.

"아수라여! 지옥으로 가라!"

그 어느 때보다 거대한 천불수가 북궁악을 향해 밀려갔다.

그뿐이 아니었다.

"여기도 있다, 이놈!"

섭장천이 검과 하나가 되어 날아들었다.

북궁악은 자신의 공격이 방해받자, 눈살을 찌푸리며 공격의 방향을 바꾸었다.

사도무영을 죽이기 위해 펼친 현천마존기는 이전에 펼친 것과 그 위력이 판이하게 달랐다.

콰아아앙!

천불수의 수영이 산산이 부서지고, 섭장천의 검강이 허공에서 터져나갔다.

광효와 섭장천은 그 충격에 뒤로 훌훌 날아갔다.

북궁악도 두 걸음을 물러선 후 이마를 찌푸렸다.

사도무영은 그 모습을 보고 이를 악물었다.

아무리 광효와 섭장천이 동방가와 싸우느라 공력을 많이 소모했다고 해도 그렇지, 단 일장에 저렇게 밀리다니!

북궁악 역시 연이은 싸움으로 내력이 많이 소모된 상황이 아니던가.

'위지 형님과 싸울 때 최선을 다한 것이 아니었구나!'

정말 그렇다면 진정 무서운 자가 아닐 수 없었다. 그 상황에서도 자신의 힘을 숨기다니.

그러나 어쨌든 광효와 섭장천의 공격은 사도무영에게 적지 않은 도움이 되었다.

전신으로 흩어졌던 회천수혼의 기운과 현천수호령의 기운이 믿기지 않을 정도로 빠르게 모여들고 있었다.

그리고 일장을 겨루는 짧은 시간, 공력이 팔성까지 차올랐다.

'조금만 더!'

그때였다.

"이제 네 차례다, 사도무영!"

광효를 날려 보낸 북궁악이 사도무영을 향해 손을 뻗었다.

텅 빈 허공이 이지러지며, 하늘이 무너지는 듯한 압력이 전신을 짓눌렀다.

고오오오오!

그와 동시에 공력이 구성까지 회복되었다.

'좋아, 해보자!'

사도무영은 지체하지 않고 회천공령장을 펼쳤다.

다른 무공으로는 북궁악을 막을 수 없었다. 어설프게 북궁악을 막으려했다가는 한순간에 치명적인 손실을 입을 것이었다.

다행히 공력이 구성까지 회복되어서 회천공령장을 펼치는 데는 무리가 없었다.

쿠구구궁!

하늘이 무너지고 대지가 꺼지는 느낌이었다.

'크으읍!'

사도무영은 신음을 삼키며 다섯 걸음을 물러섰다.

반면 북궁악은 세 걸음을 물러선 후 또다시 현천마존기를 일으켰다.

'제기랄! 도대체 어떻게 된 놈이……!'

안색이 해쓱해진 사도무영은 남은 공력을 황급히 양손에 집중했다.

한데 그때, 피를 흘리며 앉아 있던 사도관이 팩, 쓰러졌다.

"여보오오오오!"

이영영은 수천 장 비단이 한꺼번에 찢어지는 소리를 내지르며 사도관을 향해 달려갔다.

좀 더 일찍 달려가서 상태를 봤어야 했다. 그런데 아들이 싸우는 게 걱정 되어서 가보지 못했다.

"죽으면 안 돼요, 여보오오!"

미안했다. 남편은 자신을 위해서 목숨을 걸었거늘!

이영영의 눈에서 눈물이 비 오듯 흘렀다. 사도관을 위해 처음으로 흘려보는 눈물이었다.

사도무영은 북궁악의 어깨너머로 보이는 그 광경에 눈을 부릅떴다.

"아버지이이이이!"

저대로 죽는 것은 아닐까? 설마 그러지는 않겠지!

불안했다. 화가 났다.

그때 또 이영영의 비명에 가까운 소리가 고막을 찢을 것처럼 울렸다.

"맙소사! 독이잖아요! 저놈의 암기에 독이 묻어 있었던 거예요?"

내상에, 가슴의 부상에, 독까지!

"안 돼! 돌아가시면 안 돼요, 아버지!"

그는 북궁악을 노려보았다.

저놈만 아니었으면 아버지와 어머니가 왜 여기서 고생을 하겠는가!

저놈을 죽이고 아버지를 살려야 돼!

"북궁악! 네놈을 죽이고 말겠다!"

"멍청한 놈. 부자간의 정에 얽매여 하늘이 되기를 포기하다니. 후후후후, 하긴 그게 네 한계겠지."

"개만도 못한 놈! 네놈을 죽여서 아버지의 한을 풀어드리리라!"

끝내 사도무영의 두 눈이 또 뒤집히고, 그의 전신에서 청광이 폭출했다.

「크카카카카! 후예여, 지옥의 힘으로 놈을 죽여라!」

지옥천종이 소리치며 그를 부추겼다.

사도무영은 지옥천종의 말을 외면하지 않았다.

"북, 궁, 악!"

화아아악!

시퍼런 불길이 북궁악을 향해 밀려갔다.

또다시 지옥영겁화가 펼쳐진 것이다.

북궁악은 느닷없는 상황에 눈을 부릅떴다.

분명 북궁마야를 죽이던 그 기이한 힘이었다.

너무나 강한 힘이어서, 내상을 입은 몸으로는 펼칠 수 없을 거라 생각했거늘!

"오냐, 끝장을 보자!"

북궁악도 그의 진신 공력을 모조리 끌어냈다. 그러고는 마력이 너무 강해서 함부로 펼치면 안 되는 마마혈천공(摩魔血天功)을 펼쳐 맞섰다.

세 번 펼치면 삼 년을 또 묵천벽에 처박혀 있어야 한다. 하지만 사도무영을 이기지 못하면, 어차피 영원히 펼칠 수 없을 것이었다.

콰과과과광!

암산이 들썩이며 주위 십여 장 암반이 통째로 터져나갔다.

"네놈을 죽이고야 말 것이다, 북궁악!"

"죽어라, 이놈!"

사도무영의 전신에서 뿜어지던 청광이 흐려지고, 대신 눈부신 광채가 폭사했다.

「오오오오! 드디어 이천 년 만에 지옥궁의 염원인 지옥멸신

뢰가 현신하는 도다!」

 흥분해서 소리치는 지옥천종의 목소리가 잘게 떨렸다.

 그 자신도 익히지 못한 고금제일의 패존공이 마침내 사도무영의 몸을 빌어서 발현된 것이다.

 북궁악은 사도무영의 몸에서 뻗어 나오는 기운의 가공함을 깨닫고 아연한 표정을 지었다.

 "대, 대체……, 어떻게 된 놈이……!"

 악귀처럼 눈을 부릅뜬 그는 끝내 선천진기마저 끌어올리고서 마마혈천공을 펼쳤다.

 죽이지 못하면 죽을 것이었다.

 아껴야 할 이유가 없었다.

 "우하하하하! 세상에 너 같은 놈이 있었다니! 함께 죽자, 사도무영!"

 고오오오!

 우우우우웅!

 순간, 하늘의 울림 같은 기이한 소리가 계곡 안에 울려 퍼지고, 두 사람에게서 뻗어나간 기운이 삼 장 크기의 거대한 구를 이루며 뒤엉켰다.

 계곡 안의 모든 사람들이 고통스런 표정을 지었다. 개중 공력이 약한 자나 가까이 있던 자들은 귀를 틀어막고 주저앉았다.

 그때였다.

 사도무영의 머리카락과 옷이 끝부분부터 가루로 변하며 스러져갔다.

"오오! 안 돼! 무영아!"

이영영이 악을 쓰며 외쳤다.

"아우!"

"사도 형!"

"령주!"

"사도 공자! 힘을 내시오!"

사도무영을 아끼는 모든 사람들이 앞 다투어 소리쳤다.

반면, 구천신교 쪽 사람들은 북궁악이 유리하게 보이자 환호를 내질렀다.

"대군께서 이기고 계신다!"

"현천의 세상을 위하여!"

"구천신교여, 영원하리라!"

"현천대군이시야말로 고금제일의 신인이시다!"

"와아아아아!"

구천신교 쪽 무사들이 환호가 점점 커져갈 즈음, 사도무영은 죽음과 삶의 경계가 모호한 상태에 이르렀다.

육체적인 생명 징후가 사라지고 의념만이 그를 지탱하는 상황.

마침내 세 번째 죽음의 시간이 그를 찾아온 것이다.

그런데 바로 그 순간, 의념 속에서 무천진인의 목소리가 울렸다.

「하늘은 공(空)의 상태이기에 모든 기운을 포용할 수 있는 것이다. 비워진 마음 안에서 다루고자 하면 그 어떤 기운도 네가 다루지 못할 것이 없느니라!」

시간의 관념조차 사라지고, 영원과 찰나가 하나로 여겨지는 상태에서 회천공령장의 구결이 절로 떠오른다.

찰나, 무천진인이 일갈을 내질렀다.

「제자여! 지옥의 힘마저 네 것으로 품어라!」

순간이었다.

여전히 지옥멸신뢰가 펼쳐지는 가운데, 그의 우수에서 영롱한 빛이 뻗어나갔다.

천지를 태우고 부술 것처럼 강하기만 하던 기운이 부드러우면서도 끈끈하게 변하기 시작했다.

그리고 서서히 북궁악의 기운을 잠식해 들어갔다.

일순간, 이번에는 북궁악의 몸에서 변화가 일어났다.

환호가 점점 잦아들었다.

사람들은 눈앞에서 펼쳐지는 광경에 할 말을 잊었다.

북궁악, 사시나무처럼 떨리는 그의 몸이 바람에 모래탑이 스러지듯 서서히 사라지고 있었던 것이다.

처음에는 옷이, 머리카락이, 그 다음에는 손이, 몸이…….

구천신교 쪽 사람들은 환호를 지르다 말고 석상처럼 몸이 굳었다.

대신 정천맹과 사도무영을 아는 모든 사람들이 금방이라도 울음을 터트릴 것처럼 울먹이며 환호했다.

"이, 이긴다! 이기고 있어! 크흑, 사도 공자가 이기고 있어!"
"아우! 최고다! 멋지다!"
"령주! 내가 오늘 밤은 진짜로 안아줄게!"
"저 악마 같은 놈이 죽어간다!"
"뭐하느냐! 구천신교 놈들을 쳐라!"
"구천신교 놈들에게 정천맹의 힘을 보여주어라!"
"와아아아아!"

제9장

꿈결의 한마디가 다 된 밥에 재를…….

1.

정신을 차린 사도무영은 승리를 만끽할 정신이 없었다.
몸속이 텅 빈 것처럼 느껴졌다.
마치 허공에 떠 있는 기분.
회천선기도, 지옥대능력의 기운도 느껴지지 않았다. 대신 생전 처음 느껴보는 부드러운 기운만이 느껴졌다.
과연 자신은 공력을 모두 잃은 것인가, 아니면 지니고 있던 공력의 성질이 새로이 바뀐 것인가?
사도무영은 멍한 상태에서 살짝 손을 당겨보았다.
저만치, 가루가 된 암반 속에 파묻힌 채 도병만 살짝 보이던 수라도가 그의 손으로 빨려 들어왔다.

온전치는 않지만, 대신 기운이 자연스럽게 일어났다.
'공력이 사라지지 않았어!'
대체 어떻게 된 일일까?
「말도 안 돼! 천고제일 지옥의 대능력이 하찮은 회천도문의 기운에 녹아들다니! 어떻게 이런 개 같은 경우가 있단 말인가!」
지옥천종이 당황한 목소리로 울부짖었다. 하지만 사도무영은 그의 투정 아닌 투정을 들어줄 시간이 없었다.
공력이 사라진 게 아니라면 당장 할 일이 있었다.
"아버지!"
그는 만사를 제쳐놓고 사도관에게 달려갔다.
사도관은 죽은 듯이 누워 있었다. 이영영이 그 곁에서 눈물을 소매로 찍으며 울고 있었다.
"무영아, 흑흑, 네 아버지가……."
"제가 살펴볼게요, 어머니."
"네 몸은……?"
"저는 괜찮아요. 공력이 조금 소모되고 내상이 약간 있긴 하지만, 염려할 정도는 아니에요."
이영영은 눈물을 훔치며 옆으로 물러섰다.
사도무영은 일단 사도관의 몸을 살펴보았다.
맥이 거미줄로 이어진 듯 간당간당하게 살아 있었다. 조금만 잘못 건드려도 그대로 끊어질 것 같았다.

그나마 다행이라면, 칼날이 심장과 동맥을 건들지 않았다는 점이었다. 뿜어진 피는 고여 있던 피일 뿐.

그는 아직도 피가 조금씩 흘러나오는 가슴 쪽을 바라보았다. 이영영의 말대로 독에 중독되었는지 시커먼 피가 흘러나오고, 고약한 냄새가 풍기고 있었다.

그때 위지양이 다가왔다. 얼굴이 창백한 걸 보니 아직 내상이 심한 듯했다.

그는 자신으로 인해 더 큰 부상을 입은 사도관을 보고 착잡한 표정을 지었다.

"늦어서 미안하네. 아우."

"아닙니다. 형님이 오신 덕분에 모두가 살았습니다. 그러면 된 거죠. 그 일에 대해선 너무 마음 쓰지 마십시오."

담담한 웃음. 왠지 서글픔마저 보이는 웃음이다.

위지양은 자신이 머뭇거리며 늦은 이유를 사도무영이 알고 있다는 걸 깨달았다.

"아우……."

"저는 조금도 형님을 원망하지 않습니다. 오히려 고마워하고 있습니다. 그러니 형님도 저에게 미안해하지 마십시오. 아셨죠?"

위지양은 씁쓸한 표정으로 고개를 저었다. 그리고 언제 그랬냐는 듯 담담한 표정으로 물었다.

"그래, 그렇게 하지. 아버님은 어떠신가?"

"맥은 끊어지지 않았는데, 독이 문젭니다. 잘못 건드리면 맥이 끊어질 염려가 있어서 먼저 독을 해독시켜야 할 것 같습니다."

위지양이 몸을 일으키더니, 아직도 싸움이 벌어지고 있는 곳을 향해 소리쳤다.

"귀독마 소 호법은 어디 있소!"

혈음사의 혈승들과 싸우고 있는 천마궁 고수들 중에서 매부리코 중년인이 싸움을 멈추고 뒤로 물러났다.

"예, 궁주!"

"그들을 놔두고 이리 오시오!"

즉시 그곳을 벗어난 귀독마는 위지양을 향해 달려왔다.

"소 호법, 아버님을 봐주시오."

백마 중 서열 삼십이 위, 귀독마 소풍수는 얌전한 강아지처럼 무릎을 꿇고 사도관의 독상을 살펴보았다.

곧 그의 이마에 주름이 그어졌다.

"소혈산에 중독된 것 같습니다, 궁주."

"해독할 수 있겠나?"

"속하가 지닌 해독제로는 독이 퍼지는 것을 막는 역할밖에 못합니다. 그것도 한 시진 정도에 불과합니다. 죄송합니다, 궁주."

그때 어느새 다가왔는지 금포쌍괴가 뒤에서 말했다.

"이럴 때 사숙이 있으면 고민할 것 없는데……."

그들의 금포는 이미 걸레가 되어 있었고, 몸 여기저기에 상처가 나있었다. 그런데도 얼굴만큼은 밝았다.

'열심히 싸웠으니까, 멋진 금포를 새로 사줄 거야.'

'이번에는 더 멋진 무늬가 있는 걸 사야지.'

그들은 사도무영이 멋진 금포를 반드시 사줄 거라 믿었다.

한편, 사도무영은 그들을 보자 해독약을 만들겠다며 구오자가 자신의 피를 빼던 일이 떠올랐다.

피 자체로 해독제가 될 수 있을까?

알 수 없었다. 하지만 다른 방법이 없으니 뭐든 해봐야 했다.

"소 호법이라 하셨죠?"

"예, 공자."

소풍수는 황급히 고개를 숙였다.

위지양마저 이긴 북궁악이 사도무영에게 죽었다. 패도를 추구하는 백마동의 사람인 그에게는 사도무영이 하늘 위의 하늘처럼 보였다.

그런데 사도무영이 팔을 걷으며 말했다.

"제 피가 해독에 도움이 되는지 한번 보십시오."

"예?"

웬 피?

그들 주위로는 수십 명이 감싸고 서 있었는데, 모두가 의아한 표정을 지었다.

하지만 사도무영은 그들의 표정에 아랑곳하지 않고 지옥전을 빼내 자신의 우수 팔목을 그었다.

어지간해선 흠도 안 나는 그의 살이, 칠성 공력이 실린 지옥전에 갈라지며 피가 솟아났다.

사도무영은 흐르는 피를 손바닥에 받은 후 소풍수에게 내밀었다.

소풍수는 의아했지만 차마 뭐라고 하지도 못하고 손가락으로 피를 찍어 맛을 보았다.

"응?"

소풍수의 눈이 살짝 커졌다.

금포쌍괴가 그제야 알겠다는 듯 짝, 박수를 치며 말했다.

"맞아! 구오자 사숙이 자네 피로 해독제를 만들었지?"

"그게 무슨 말씀입니까?"

소풍수가 금포쌍괴에게 물었다.

"사숙이 이 친구를 오독대법으로 살렸거든. 그 후로도 대여섯 가지의 독을 먹였지. 시험해 본다고."

무비자가 독의 종류를 나열하자 소풍수의 얼굴이 흙색으로 변했다.

"그, 그게 정말입니까?"

"그럼 내가 거짓말할 사람처럼 보여?"

그렇게 보였다.

하지만 소풍수는 말하지 않았다. 하늘같은 사도무영과 가까운 사람이 아닌가.

어쨌든 사도무영의 피가 남다른 것만은 분명했다. 그리고 만일 저 코 없는 노인의 말이 사실이라면 충분히 해독제 재료가 되고도 남았다.

"그럼 제 해독제와 공자님의 피를 같이 써보도록 하겠습니다."

소풍수는 급히 품속에서 옥병을 꺼냈다. 그리고 사도무영의 피를 손바닥에 어느 정도 받은 다음, 옥병 속의 단환을 피에 녹였다.

피가 부글거리며 거품을 내더니 순식간에 단환이 녹았다.

그 모습을 보고 소풍수의 눈이 휘둥그레졌다.

'저, 정말이었어!'

그는 단환이 녹은 피를 사도관의 입에 부었다. 그리고 일부 손바닥에 묻어 있는 것은 상처 부위에 발랐다.

상처 부위에서도 거품이 일었다.

소풍수는 사도무영의 손바닥에 있는 피를 조금 더 떠낸 뒤 상처에 부었다.

거품이 더욱 더 많이 나는가 싶더니, 검은 피의 색이 변하기 시작했다.

"됐습니다! 해독이 됩니다, 공자!"

사도무영의 얼굴이 환해졌다.

"아! 정말 다행이오!"

"여보! 당신 이제 살았어!"

이영영도 주먹을 꼭 움켜쥐며 기뻐했다.

사도무영은 생전 처음 보는 어머니의 모습에 묘한 기분이 들었다.

'나민 아줌마 이야기는 아직 모르겠지?'

아직 위기는 끝난 것이 아니었다.

이거든, 저거든.

사도무영은 일단 그 일에 대한 염려는 나중으로 미루었다. 사도관이 살아나는 게 그 무엇보다 중요했다.

"해독이 되면 이제 진기를 소통시켜야겠습니다."

한데 그때였다. 소풍수가 급히 사도무영을 말렸다.

"잠깐만 기다리십시오!"

손바닥에 흥건한 피를 바닥에 버리려던 사도무영이 멈칫했다.

소풍수는 옥병에 든 해독제를 다른 손에 탈탈 털고, 빈 옥병을 사도무영에게 내밀었다. 그리고 간절한 표정으로 사정했다.

"버릴 거면 저 주십시오, 공자."

독의(毒醫) 구오자가 탐내던 피가 아닌가.

사도무영은 소풍수의 마음을 알고 옥병에 피를 따라주었다. 베어진 오른손 팔목은 지혈이 되어서 더 뽑을 순 없지만, 있는 피를 주는 것은 어려울 게 없었다.

사도무영이 옥병에 피를 따라주자 소풍수는 귀한 보물이라도 얻은 듯 얼굴이 붉게 상기되었다.

그는 한 방울도 아까운지, 사도무영의 손바닥에 남은 것도 싹싹 긁어모아서 병에 따랐다.

사도무영은 소풍수에게 손바닥의 피를 주고 사도관의 맥문을 잡았다.

뒤에서 함성이 들렸다.

"와아아아아!"

승리의 함성이었다.

"이겼다! 이겼어! 우리가 이겼어!"

"놈들이 도망친다!"

사도무영은 보다 편해진 마음으로 사도관의 기운을 다스렸다.

혈뢰마불은 광효의 천불수에 가슴이 부서지고, 섭장천의 검에 목이 잘렸다. 혈음사의 혈승들과 현천백팔마령도 천마궁의 고수들에게 모두 죽었다.

구천신교 무리 중 살아남은 자는 기껏 수백 명밖에 되지 않았다. 그들은 뒤도 돌아보지 않고 도주했다.

정천맹 쪽 사람들은 지옥에서 살아나온 사람처럼 소리치며 환호했다.

하지만 그도 잠시 뿐이었다.

하얀 암반과 초원 수십만 평이 시뻘겋다. 핏물이 내처럼 흐른다. 그리고 그 위에는, 이천에 달하는 시신이 피를 흘리며 널브러져 있고, 수많은 부상자들이 신음을 흘리며 몸부림치고 있다.

그 중 반은 동료들, 형제들의 시신이다.
아비규환의 참상. 그 앞에서 누가 즐거우랴.
승리의 기쁨도 잠시, 모두의 얼굴이 바위처럼 딱딱하게 굳어졌다. 곧 여기저기서 악쓰는 목소리가 울려 퍼졌다.
"도망치는 놈들은 놔두고 부상자부터 돌봐라!"
"거기! 뭐하는 거냐! 빨리 지혈하고 잘린 곳을 묶어!"

2.

사도관의 맥이 어느 정도 안정되자 사도무영은 그를 안전한 곳으로 옮겼다.
사도관이 정신을 차린 것은, 전장이 대충 정리되어 갈 무렵이었다.
정신이 든 그는 몽롱한 상태에서 한 사람을 찾았다.
"으음……, 나민……."
'헉! 아버지!'
사도관의 상태를 지켜보던 사도무영은 간이 덜컥 떨어졌다. 그는 재빨리 눈을 돌려 어머니를 살펴보았다.
어머니의 표정이 묘하게 틀어진다. 아무래도 눈치가 귀신인 어머니가 뭔가를 느낀 것 같다.
'미치겠군. 어머니부터 찾았으면 다 잘 되었을 텐데…….'

꿈결의 한마디로, 다 된 밥에 재를 빠뜨린 꼴이 되었다.

사도무영은 사도관의 맥문을 다시 잡고 진기를 주입하는 척하며 정신을 확실하게 깨도록 만들었다.

"아버지, 정신이 드세요?"

"으음, 무, 무영이냐? 내가……, 내가 산 거냐?"

"물론이죠. 아버지가 결사적으로 막은 덕에 어머니도 무사하세요."

사도무영은 최선을 다해 아버지 편을 들어주었다.

사도관은 그 말에 빙그레 웃었다.

'흐흐흐, 그렇게까지 했으니 이제 마누라도 나에게 함부로 못할 거야.'

그는 내심 즐거워하며 슬며시 고개를 돌려보았다.

이영영이 바로 옆에 있었다.

그런데 왜 저런 표정이지?

그때 이영영이 도끼눈을 뜨고 물었다.

"나민이 누구죠?"

으헉! 어떻게 알았지?

사도관은 자신이 말했다는 것은 꿈에도 모르고 몇 사람을 의심 선상에 올려놓았다

단학과 그의 수하들을. 단학은 자신보다 먼저 도착했고, 그의 수하들은 천보장을 오갔다. 충분히 의심할 만했다.

문득 단학이 죽었다는 게 떠올랐다.

"저기……, 그보다 단학은……?"
이영영이 입술을 질겅질겅 깨물며 고개를 저었다.
사도관이 안타까운 표정으로 말했다.
"좋은 사람이었는데……."
"나민이 누군지, 그것부터 말해 봐요. 여자죠?"
이영영은 사도관의 얼렁뚱땅 술수에 넘어가지 않았다.
사도관은 최대한 애처로운 표정을 지은 채 몸을 억지로 일으키려 했다.
사도무영이 급히 말렸다.
"아직 일어나면 안 돼요, 아버지. 가슴이 관통되어서 자칫하면 심장이 다칠 수가 있어요."
사실은 지금 일어나면 어머니에게 맞을지 몰라서 말렸지만.
"으음……."
사도관은 신음을 흘리고는, 처연한 눈빛으로 이영영을 응시했다.
"그게 말이오, 여보……."
오늘 여기서 살아나갈 수 있을까?
무영이가 있으니 괜찮겠지?
그때 제갈신운이 다가와서 그를 구해주었다.
"대협, 몸은 괜찮으십니까?"
사도관은 고개를 돌려 제갈신운을 바라보았다.
정천맹주가 자신을 대협이라 부르지 않는가!

사도관은 용기가 솟았다.

맞아! 나는 이제 대협이잖아? 신룡검협 사도관 말이야!

대협은 대협답게 행동해야 했다.

"죽지는 않을 것 같습니다. 하, 하, 하."

"부인과 동료를 위해 목숨을 아끼지 않는 대협의 의기에 많은 사람들이 깊은 감명을 받았습니다."

"하, 하, 하. 뭐 감명까지나……."

사도관은 흐뭇한 웃음을 지으며 이영영을 바라보았다.

"여보, 이 사람이 정천맹의 맹주인 제갈 대협이시오."

"저도 알아요. 그보다 나민이 어떤 여잔지나 말해 보세요."

정말 끈질긴 마누라였다.

'쳇, 그렇게 하니 내가 도망간 거라고!'

결국 사도관은 사실을 다 밝히기로 결심했다.

차라리 지금처럼 누워있을 때 하는 게 좋을 것 같았다.

옆에 정천맹주도 있잖은가.

설마 이 상황에서 때리지는 않겠지?

'가만? 근데 이제 내가 더 강하잖아?'

그는 그때까지도 몰랐다.

마누라에게 손찌검할 독한 마음이 그에게 없는 이상, 무공이 아무리 강해도 그는 남편이고, 마누라는 마누라라는 걸.

하지만 사도무영은 그 사실을 잘 알고 있었다.

"어머니, 그 일은 제가 나중에 말씀드릴게요. 그러니 일단 아버지 부상부터 다스려요."

3.

위지양은 할 말이 많은 듯했지만, 다른 말은 모두 가슴 속에 묻고 간단히 작별인사만 했다.
"이만 가봐야 할 것 같네. 다음에 한가할 때 들리지. 뭐 아우가 한중으로 한 번 놀러오면 더 좋겠지만 말이야."
"몸은 괜찮으십니까?"
솔직히 제법 심한 내상을 입었다. 하지만 겉으로는 일체 표를 내지 않았다. 자신은 대 천마궁의 주인이 아닌가!
"지금도 아우만 아니라면 누구도 겁나지 않네."
"형님도 참……."
사도무영은 그와 좀 더 많은 이야기를 나누고 싶었지만 붙잡지 않았다.
그들이 도와주었음에도 정천맹 사람들에게 천마궁은 위협적인 마도세력이었다. 곱지 않은 시선이 오가면 그도, 위지양도 기분만 상할 것이었다.
"형님이 오셨으니 다음에는 제가 가겠습니다."
"하하하, 아우가 온다면 백 리를 달려 나와서 환영하겠네."
"다음에는 술 마시는 법을 제대로 배우겠습니다."

"천하에서 제일 좋은 술을 준비해 놓지."
"저는 성도에서 형님과 함께 마신 그 술이 좋습니다."
위지양은 빙그레 웃었다.
그는 이래서 사도무영이 좋았다. 어쩌면 사도무영 때문에 영원히 마인이 되지 못할 것 같았다.
그래도 한 점 후회하지 않을 것이었다.
"잘 있게. 아버님 잘 돌봐드리고."
"예, 형님. 멀리 배웅 못하는 걸 이해해 주십시오."

위지양은 그렇게 한중으로 돌아갔다. 철마보 사람들도 그들을 따라 떠났다. 사공강은 떠나기 전 정중히 포권을 취했다.
"언제든 우리 철마보가 필요하면 불러주시구려."
불꽃이 이는 그의 눈빛은 사도무영을 윗사람으로 인정하고 있었다.
뒤이어 순우가도 배신에 가담하지 않은 벽검산장의 검사들을 데리고 포검산장으로 떠났다.
그들은 얼굴도 제대로 들지 못했다.
옥룡주 사건에 이어 이번엔 배신까지. 그 일이 비록 동방가가 저지른 짓이라 하지만, 결국 그들도 용검회 사람이 아닌가 말이다.
순우진은 제법 큰 부상을 입은 상태였는데, 미적거리다 한마디만 남기고 그곳을 떠났다.

"나중에……, 찾아오겠소."

그들이 모두 떠난 후 공이대선사가 광효의 귀를 잡아끌고 천불사로 향했다.

떠날 사람은 떠나고, 남을 사람은 남고.

사도관은 일단 정천맹 총단으로 옮겨져 내외상을 치료했다.

사도무영이 이영영에게 사도관과 나민에 대한 것을 말해준 것은 그 다음 날이었다.

화가 난 이영영은 뒤도 안 돌아보고 천보장으로 가 버렸다.

사도무영은 어머니를 쫓아가서 달래주고 싶었지만 그럴 수가 없었다. 망혼진인이 헐레벌떡 그를 찾아온 것이다.

"사부님?"

"후우, 후우, 너, 몸은 괜찮냐?"

"예, 사부님. 다행히 구천신교를 물리치고……."

"그 이야기는 나도 들었다. 어서 가자."

"예? 어디를?"

"어디긴? 황산, 아니 삼경산으로 가자는 거지."

"내일 가면 안 될까요?"

"그러다 화설이가 죽으면?"

"예?"

사도무영은 눈을 동그랗게 뜨고서 망혼진인을 노려보았다.

"그게 무슨 말입니까? 화설 누이가 왜 죽어요?"

망혼진인은 조만옥의 말을 빠르게 전했다. 그러고는 사도무영을 닦달했다.

"그러니까 빨리 가야……."

"자, 잠깐만요. 아버지 좀 만나고 바로 올게요."

사도무영은 사도관에게 신신당부했다.

"아버지, 일단 제가 하라는 대로 하세요, 아셨죠?"

"음, 그렇게 하면 될까?"

"일단 해보세요. 그래도 어머니의 마음이 풀어지지 않으면, 제가 돌아갈 때까지 쥐 죽은 듯이 지내세요."

"언제 올 거냐?"

"아무리 늦어도 열흘 안에는 갈 거예요."

"나도 같이 가면 안 될까? 아니면 여기서 기다리든지."

"안 돼요. 그럼 다시는 집에 못 들어갈지 몰라요."

사도관도 그럴 거라는 걸 모르지 않았다. 하지만 혼자, 아니 나민과 함께 천보장으로 가는 것이 마치 지옥의 아가리에 머리를 들이미는 기분이었다.

"빨리 와라."

"그렇게 할게요."

사도무영은 사도관의 손을 한 번 굳게 잡아준 후 자리에서 일어났다.

그리고 밖으로 나가자마자 망혼진인을 닦달해서 정신없이 정천맹을 빠져나갔다.

장막심이 그의 등 뒤에 대고 소리쳤다.
"아우! 황산으로 가는 건가?"
"예, 형님!"
"나도 따라가겠네!"
"마음대로 하세요! 찾지 못하면 청운표국으로 가세요!"
그의 목소리가 끝날 즈음에는 까마득히 사라져서 보이지도 않았다.
사람들은 그제야 겨우 정신을 차렸다.
도담이 의아한 표정을 지은 채 고개를 설레설레 저었다.
"뭐가 어떻게 된 겁니까?"
"조화설 소저가 아픈가 본데?"
양류한이 고개를 끄덕였다.
"그런 것 같습니다. 그게 아니라면 사도 형이 저렇게 선불 맞은 것처럼 서두르지 않을 텐데 말이죠."
"어때, 따라갈 생각인데, 갈 텐가?"
"가 봐야 쫓아갈 수나 있겠습니까?"
"안 되면 청운표국에서 기다리지 뭐. 술이나 한잔 하면서 말이야."
섭장천이 턱을 쓰다듬으며 찬성했다.
"그거 괜찮은 생각이군. 나는 그곳에서 아우를 만나고 바로 악양으로 가야겠네."

1.

사도관은 치료 핑계를 대고 여주에서 이틀을 더 지냈다. 사도무영과 나민이 꾸준히 돌봐준 덕에 내외상은 눈에 띌 정도로 빠르게 나았다.

그리고 나흘째 되던 날, 그는 천보장으로 가기 위해서 나민과 함께 정천맹 총단을 출발했다.

다음 날 아침.

사도관은 심호흡을 하고 나민과 나란히 천보장의 정문을 통과했다.

그리고 얼마 지나지 않아서 천보장에 살얼음이 얼었다.

퍽!

이영영의 손을 떠난 신발은 사도관의 얼굴에 정통으로 꽂혔다.
"그래서, 첩도 아니고 둘째 부인으로 맞이하겠다는 거예요!"
사도관은 눈썹 하나 꿈쩍하지 않고 이영영을 바라보았다. 그의 옆에는 나민이 고개를 푹 숙이고 있었다.
죄인도 아닌 나민이 왜 이런 일을 당해야 한단 말인가.
이판사판, 결정을 보자!
작심한 그는 모든 것을 감수하기로 했다.
"그렇소. 나민은 내 목숨을 구해주었소. 나는 나민을 절대! 외면할 수 없소."
"이, 이 인간이……!"
"예전처럼 나를 때려도 좋고, 욕해도 좋소. 하지만 나민을 버리라는 말은 하지 마시오. 만일 그러면, 나는 또 떠날 것이오."
"다, 당신……!"
처음 보는 사도관의 단호한 모습에 이영영은 몸만 부르르 떨었다.
"아버지! 어떻게 어머니에게 그러실 수가 있어요?"
대신 사도교교가 빽 소리치며 사도관에게 한소리 했다.
'너는 빠져! 이것아!'
사도관은 얄미운 사도교교를 쳐다보지 않고 그 자리에 털썩 무릎 꿇었다.
"정말 미안하오. 하지만 이번만큼은 당신이 양보해 주시구려."

"상공……."

나민이 사도관을 나직이 불렀다. 그녀의 두 눈에 맺혔던 눈물이 주르륵 흘렀다.

이영영은 무릎 꿇은 사도관을 보며 입술을 깨물었다.

이미 전말은 사도무영에게 들어서 다 아는 터였다. 어느 정도 이해도 되었다.

문제는 바로 돌아오지 않고 삼 년이 다 되도록 돌아다녔다는 것이다. 둘이 함께!

하지만 어쩌랴, 이미 쌀은 밥이 되었고, 뱃속으로 들어간 밥은 이미 어느 들판의 거름이 된 지 오랜데.

무공이 엄청나게 강해져서 팰 수도 없고…….

사도관이 속으로 다섯을 셀 때였다.

휙, 몸을 돌린 이영영이 소리쳤다.

"일어나요! 남이 보면 내가 독부인 줄 알 거 아니에요!"

사도관은 슬그머니 고개를 들고 몸을 일으켰다. 그리고 이영영의 허락을 기정사실화했다.

"고맙소."

이영영은 더 이상 고집을 피우지 않았다.

어쨌든 자신을 위해 목숨을 던진 사람이다. 속이 상하긴 하지만, 이런 남편 구하기가 어디 쉽던가?

"이번 한 번 뿐이에요. 당신의 목숨을 구해주었다니까 봐주는 거라구요! 알겠어요?"

"내 어찌 모르겠소."
사도관은 담담히 대답하면서도 심장이 떨려 미칠 것 같았다.
'후우, 살았다! 무영아, 아버지 무사하다!'

그날 밤.
나민은 사도관이 자신의 방에서 뭉그적거리자 이영영의 방으로 가라고 했다.
사도관은 가지 않으려 했다.
"잔뜩 화가 나 있는데 꼭 가야 하오?"
"화가 났으니까 가셔야죠."
"무서운데……."
나민은 웃음이 나오려는 것을 꾹 참고 사도관의 등을 밀었다.
"빨리 가세요. 그래야 제가 편해져요."
"정말 그렇게 생각하오?"
"물론이죠. 그러니 어서 가세요."
"당신이 편해진다면 못 갈 것도 없는데……."
"가셔서 그동안 못다 해드린 거 다 해드리세요."
"해줄 게 뭐 있겠소."
나민이 묘한 미소를 지으며 나직이 말했다.
"왜 없어요? 부부사인데."
말만 부부였지, 목줄 매인 강아지나 다름없었다.
사도관은 꿍한 표정으로 미적거리며 걸음을 옮겼다.

그의 등에 대고 나민이 다시 한 번 강조했다.
"절대 그냥 나오시면 안 돼요. 아셨죠?"
사도관이 뒷머리를 긁으며 머쓱한 표정으로 웃었다.

잠시 후.
이영영이 가시처럼 뾰족한 목소리로 소리 질렀다.
"왜 왔어요? 둘째 부인 방에서 잘 것이지!"
"그래도 몇 년 만에 만났는데……."
"흥! 언제 내 생각이나 한 적 있어요? 없죠? 아니지, 있긴 있겠죠. 욕깨나 했을 테니까."
"내가 어떻게 당신 욕을……."
"입에 침이나 바르고 말해욧! 정말 안 했어요?"
"욕은 안 했소. 정말이오."
욕은 안 했다. 흉을 보긴 했어도.
"흥, 흥! 오죽 좋았으면 삼 년 동안이나 붙어 다녔겠어요? 그렇게 좋으면 그냥 그 방에서 평생 지내지, 왜 나를 찾아와요?"
"그건 정말 미안하오. 그런데 말이오. 에……. 당신 정말 예쁘구려."
"뭐예요? 이 양반이 미쳤나? 갑자기 안 하던 말을……. 어마! 왜 이래요!"
"가만있어 보시오."

"이 양반이 진짜……. 왜 안하던 짓을……."
"어허, 남편이 부인 허리도 못 잡소?"
"어마! 이러지 마라니까……. 아……."

다음 날 아침.
사도교교는 도무지 이해할 수 없다는 표정으로 이영영을 바라보았다.
한 번도 주방에 드나들지 않던 어머니가 주방에 가서 요리를 직접 지휘하다니.
"어, 엄마, 왜 그래? 갑자기 그러니까 이상하잖아. 정말 괜찮은 거지?"
"호호호호, 이상하기는. 이년아, 여자가 하룻밤 만에 변할 때는 이유가 있는 법이란다. 너도 시집가면 알게 될 거야."
이영영은 사도교교의 눈길에도 아랑곳없이 살 떨리는 목소리로 사도관을 불렀다.
"여보오오오! 식사하세요오오!"

2.

남들이 쳐다보든 말든 물새처럼 물 위를 날아서 장강을 건넌 사도무영과 망혼진인은 쏜살처럼 삼경산으로 향했다.

그렇게 달린 두 사람이 구화산을 넘을 즈음, 삼경산의 신당에서는 떨리는 목소리가 흘러나왔다.

"이, 이런! 화, 화설아, 화설아……."

풍허도인은 참담한 표정으로 조화설을 바라보았다.

실낱같이 이어지던 조화설의 호흡이 어느 순간부터 끊어져 버린 것이다.

"언니!"

적소연은 눈물을 뚝뚝 흘리며 어쩔 줄 몰라 했다.

"할아버지, 어떻게 된 거예요? 설마 화설 언니가 죽은 건 아니죠? 그렇죠?"

천천히 고개를 돌린 풍허도인은 한쪽에서 눈을 감고 있는 조만옥을 바라보았다.

"이, 이보게, 화설이가 죽은 거 같네."

조만옥은 천천히 눈을 떴다.

그리고 깊게 가라앉은 눈으로 조화설을 바라보았다.

"아직 기는 끊어지지 않았어. 그러니 방정떨지 말고 가만있게."

"그럼 살아있단 말인가?"

"죽은 것도, 산 것도 아닌 상태네. 일단 망혼이 올 때까지 기다려보세."

그는 그 말만 하고 다시 눈을 감았다. 그러나 그의 마음은 풍허도인보다도 더 초조했다.

'하지만 이대로 한 시진만 지나면……, 그 기마저 끊길 거네.'

소매 속으로 집어넣은 조만옥의 두 손이 잘게 떨렸다.

여주까지 삼천 리 길이다. 중간에 장강마저 있고. 그 길을 나흘 만에 다녀와야 한다. 망혼진인이 제아무리 천고의 신법을 지녔다지만 과연 가능할까?

솔직히 불가능이라 생각했다.

천 리를 하루에 가는 것은 얼마든지 가능하다. 그러나 이천 리를 이틀에 가는 것은 아주 어려운 일이다. 그리고 삼천 리를 이틀 만에 가는 것은 불가능에 가깝고, 왕복 육천 리를 나흘 만에 오가는 것은 아예 불가능한 일이다.

인간이라면 말이다.

"이, 이보게. 화설이의 안색이 완전히 하얗게 변해가네."

풍허도인이 안절부절못하며 조화설과 조만옥을 번갈아보았.

옆에서는 적소연이 하염없이 눈물만 흘렸다.

그때 조만옥의 눈에서도 가느다란 물기가 흘러내렸다.

마침내 한 시진이 거의 다 되고, 망혼진인은 끝내 조화설의 기가 끊어지기 전에 도착하지 못한 것이다.

풍허도인은 조만옥의 눈물을 보고 상황을 짐작했다.

"늦은……, 것인가?"

조만옥은 천천히 눈을 떴다.

그리고 조화설에게 다가갔다.

그는 처연한 눈으로 조화설을 바라보더니 깡마른 손을 그녀의 가슴에 얹었다.

'마지막으로 선천지맥에 뭉친 기운을 격발시킬 것이다. 일각 이내에 가라앉히지 못하면 혈맥이 터져 죽겠지. 하지만 어차피 이러나저러나 죽을 몸, 마지막까지 최선을 다해보자꾸나……'

그냥 죽게 놔두는 게 나을 수도 있었다. 선천지맥에 뭉친 기운을 격발시키면 골격이 뒤틀릴 터, 그나마 신체의 형상이라도 지킬 수 있을 테니까.

하지만 왠지 모를 미련이 그로 하여금 마지막으로 손을 쓰게 했다.

퍽, 퍽, 퍽.

선천지맥에 뭉친 기운을 격발시키자, 거의 멈췄던 기운이 다시 흘렀다. 그리고 하얗던 얼굴도 붉은 기가 돌았다.

풍허도인과 적소연은 조만옥의 속도 모르고 좋아했다.

그렇게 다시 반각이 흘렀다.

조만옥은 갈등하는 눈으로 조화설을 바라보았다. 지금이라도 선천지맥의 기운을 멈추게 하면 골격의 비틀림을 어느 정도 막을 수 있을 것이었다.

'남은 시간은 겨우 반각. 어쩔 수 없나?'

이를 지그시 악문 조만옥은 조화설을 향해 손을 뻗었다.

그때였다. 멀리서 들리는 목소리가 조만옥의 작은 눈을 왕방울처럼 크게 만들었다.
"구오자야! 안 늦었냐?"
눈을 크게 뜬 조만옥은 벌떡 일어나서 문을 열었다. 대답하는 시간도 아깝다는 듯.
직후 한 줄기 바람이 화살처럼 신당 안으로 쏘아져 들어왔다.
머리도 옷도 제멋대로인 사도무영이었다.
망혼진인은 조금 뒤에 들어왔는데, 지쳐 쓰러지기 직전이었다. 본래 신양 부근에서부터 그런 모습이었는데, 사도무영이 때론 업고, 때로는 진기를 주입해주며 끌고 온 덕에 이곳까지 함께 온 것이다.

사도무영은 신당에 누워 있는 조화설을 보고 이를 악물었다.
'누이, 미안해요. 제가 조금만 더 신경을 썼으면 이렇게 되진 않았을 텐데.'
"다른 사람은 모두 나가 있게나."
조만옥은 망혼진인과 풍허도인과 적소연을 쫓아내고 자신도 밖으로 나갔다. 그리고 문밖에서 사도무영에게 지시를 내렸다.
"시간이 없다. 지금부터 내가 말해주는 진기의 흐름을 잘 기억하도록 해라."
"예, 어르신."
조만옥은 마음이 급한 만큼이나 빠르게 진기의 흐름에 대해서 알려주었다.

그리고는 한 번 알려주어선 안 될 거라는 생각에 다시 말해주려는데 사도무영이 고개를 저었다.

"됐습니다. 다음에는 어떻게 해야 합니까?"

"다 외웠느냐?"

"예, 그러니 다음 차례를 알려주십시오."

사실이든 아니든 지금으로선 믿을 수밖에 없었다.

"화설이의 옷을 벗기고, 너도 옷을 벗어라. 그리고 청룡안을 오른손, 홍학령을 왼손 장심에 놓고 화설이와 손을 맞잡아라……"

"……"

"다 했느냐?"

"아직, 옷을……"

"시간이 없다. 어서 해!"

"그게……, 저는 벗었는데, 화설 누이의 옷이 잘 안 벗겨져 그립니다."

아무래도 여자의 옷은 남자와 달랐다. 사도무영으로선 처음으로 여자의 옷을 벗겨보다 보니 손이 느릴 수밖에 없었다.

그런데 그때였다.

"제가 도와줄게요!"

적소연이 후다닥 방 안으로 뛰어들었다.

뒤이어 사도무영의 다급한 목소리가 이어졌다.

"소연이 너……"

"가만있어요. 지금 령주님 벗은 몸 보는 게 문제가 아니라니까요! 어차피 전에도 많이 봤잖아요!"

안에서 잠시 소란이 일었다. 그리고 곧 적소연이 조만옥에게 소리쳤다.

"구오자 할아버지, 다 벗겼어요! 이제 어떻게 해요? 령주님더러 언니 위로 올라가라고 해요?"

"……그, 그래."

"들었죠? 빨리 올라가요, 령주님."

아무리 급해도 적소연이 눈빛을 반짝이며 쳐다보는데 조화설의 알몸 위로 올라갈 수는 없는 일. 사도무영은 손을 들어 방문을 가리켰다.

"너는 어서 나가."

"그냥 여기서 지켜보면 안 돼요? 이상 있으면 제가……."

"빨리 안 나가? 이러다 화설 누이에게 이상이 생기면 가만 안 둬?"

"쳇, 구경 좀 하면 뭐 어때서……."

적소연은 입을 삐죽 내민 채 투덜거리며 방을 나갔다. 그제야 사도무영은 심호흡을 하고 조화설의 몸 위로 올라갔다. 심장이 터질 것 같았다.

'하늘이시여, 제발 화설 누이를 제게 돌려주십시오.'

오른손에서 청룡이 솟구쳤다.

왼손에서는 홍학이 춤을 추었다.

청룡과 홍학의 움직임이 거세지자 두 줄기 기운이 조화설의 몸으로 스며들었다. 사도무영은 입으로 조화설의 입술을 덮고 조만옥이 설명해준 방법대로 두 줄기 기운을 이끌었다.
 온몸이 밀착된 상태. 솜털 하나하나가 느껴졌다. 청룡과 홍학의 기운이 잠든 혈맥을 하나하나 깨울 때마다 조화설의 몸이 미미하게 진동했다.
 그런데 어느 순간 욕념이 피어나기 시작했다. 조만옥은 조화설의 맥이 뛰고 호흡을 할 수 있을 때까지 욕념에 빠지면 안 된다고 했다. 하지만 한 번 피어나기 시작한 욕념은 쉽게 사그라지지 않고 더욱 더 뜨거워졌다. 더불어 조화설의 몸속으로 들어간 두 줄기 기운이 밖으로 나오지 못하고 회음혈로 몰렸다. 조하설의 몸이 잘게 떨렸다. 약해질 대로 약해진 조화설의 혈맥이 터질 것처럼 부풀었다.
 '아, 안 돼!'
 바로 그때 밖에서 적소연의 목소리가 들렸다.
 "도장 할아버지, 제가 들어가 있으면 안 될까요?"
 그 말을 듣는 순간 욕념이 급격히 사그라졌다. 사도무영은 때를 놓치지 않고 혼신을 다해 욕념을 다스렸다. 두 줄기 기운이 다시 제 흐름대로 흐르기 시작했다.
 얼마나 지났을까. 조화설의 맥이 다시 뛰기 시작하고, 사도무영의 입에서 전해진 호흡이 조화설의 목을 틔웠다.
 기다란 숨이 조화설의 입에서 흘러나왔다.

그로부터 잠시 후, 사도무영과 조화설의 몸은 자연 그대로 환희를 노래했다.
시간이 얼마나 지났는지는 알 수가 없었다.
두 사람은 청룡과 홍학이 지쳐서 다시 두 사람의 손에 내려앉을 때까지 함께 했다.

조화설이 눈을 떴을 때 처음 본 것은 사도무영의 두 눈이었다.
그녀는 잠시의 시간이 흐른 후에야 사도무영이 자신의 몸 위에 있다는 것을 깨달았다. 그리고 두 사람이 알몸이란 것도.
조화설은 상기된 얼굴로 나직이 말했다.
"무거워."
사도무영은 멀뚱하니 조화설을 바라보다가 그 말을 듣고서야 엉거주춤 움직였다.
그런데 조화설이 사도무영의 손을 붙잡았다.
"졸려. 내가 잠들 때까지만 그대로 있어 줘."
꿈인 것처럼 느껴졌다. 놓으면 떠나버릴 것 같았다.
사도무영은 조화설의 눈꺼풀이 천근만근 무게로 다시 눈동자를 덮을 때까지 그대로 있었다.
그리고 조화설에게서 낮은 숨소리가 흘러나올 즈음에서야 슬며시 입을 한 번 맞추고는 조심스럽게 내려왔다.
하루가 지났다.
조화설의 몸은 많이 나아져서 혼자 일어설 정도가 되었다.

적소연은 미음을 먹여준다는 핑계를 대고 조화설 옆에 붙어서 시간만 나면 이것저것 물어보았다.

사도무영은 낄 틈도 없었다. 적소연이 어찌나 적나라하게 물어보는지 옆에 있는 것조차 거북했다.

'저걸 어떻게 하지?'

이틀이 지났다.

조화설의 몸은 일어나서 걸어 다닐 정도로 빠르게 회복이 되었다. 아무래도 청룡안과 홍학령에 깃든 기운이 그녀의 몸을 전보다 더 튼튼하게 만든 것 같았다.

사도무영은 자신의 손가락에 끼워진 청룡안의 신비한 무늬가 많이 희미해졌지만 조금도 서운하지 않았다.

사흘이 되자 조화설의 몸이 거짓말처럼 완벽히 나았다.

더 이상 선천지맥도 그녀의 회복을 방해하지 못했다. 오히려 선천지맥이 고쳐진 덕에 제법 강한 내공마저 기해혈에 고인 상태였다.

3.

닷새째 되던 날 사도무영은 조만옥과 마주앉았다.

"이제 그만 가보도록 해라."
"은혜를 어찌 갚아야할지 모르겠습니다."
"내 손녀다. 할아비가 되어서 아무것도 못해주어 미안했는데, 이제 좀 마음이 편하구나. 그러니 너무 마음 쓰지 마라."
"계속 여기 사실 겁니까?"
"이 나이에 가면 어딜 가겠느냐? 이곳에서 조용히 지내다 가련다."
"현천교의 일은……."
"그 일은 그곳에 남은 사람들이 알아서 하겠지."
 신지에 적지 않은 사람이 남았다. 타 종파 역시 마찬가지다. 정천맹이 그들을 일일이 찾아서 공격할지 모르지만, 깊은 곳에서 살아가는 그들을 찾아낸다는 것도 쉽지 않을 것이었다.
 '유일하게 힘을 보존하고 있는 곳은 일양종파다. 그들이라면 무리한 일을 벌이지 않고 전체를 아우를 수 있겠지.'
 사도무영은 망혼진인을 바라보았다. 적소연과 속닥이고 있던 망혼진인이 흠칫하며 고개를 돌렸다.
 '소연이 저것이……'
 사도무영은 적소연을 한 번 노려본 후 망혼진인에게 말했다.
"사부님, 함께 천보장으로 가시지 않겠습니까?"
 망혼진인은 그의 청을 단호히 거절했다.
"싫다. 나는 구화산으로 가서 도관을 지을 것이다. 이제 우리 회천도문도 세상에 자리를 잡아야지."

아직 금덩이는 많이 남아 있었다. 두어 채로 된 도관 정도는 반만 써도 충분히 지을 수 있었다.

'멋지게 짓고 제자도 두엇 더 받아야지. 말년에 내가 직접 음식하고 잡일을 할 수는 없는 일 아니겠어?'

할 수 없이 사도무영은 조화설과 적소연만 데리고 황산을 출발하기로 했다.

"그럼 일단 집에 갔다가 나중에 구화산에서 뵙겠습니다, 사부님."

"그래, 내 걱정 말고 다녀오너라."

"예, 사부님."

4.

사도무영 일행은 장강을 건넌 후 안경에서 청운표국에 들렀다. 혹시 강후를 비롯한 천화문 제자들이 있으면 데려가기 위함이었다.

하지만 그들은 이틀 먼저 떠난 상태였다. 아마도 정천맹이 승리했다는 걸 알고 바로 출발한 듯했다.

대신 섭장천과 장막심, 양류한과 도담이 기다리고 있었다.

사도무영은 섭장천의 보다 깊어진 눈을 보며 빙그레 웃었다.

"나중에 시간 나면 찾아뵙겠습니다."

"그러게나. 우리 악양루에 올라가서 술 한 잔 하세."

악양루라는 말을 듣자 문득 여화란이 떠올랐다.

'정말 그녀가 그곳에서 기다릴까?'

그는 쓴웃음을 지으며 고개를 끄덕였다.

"알겠습니다, 형님."

그곳에 갈 때쯤이면 그녀를 만나도 태연하게 대할 수 있을 것 같았다.

그리고 이제는 천외천룡 사도무영이 천보장 사람이란 게 천하에 다 알려진 터였다. 어차피 그가 그곳으로 가지 않아도 여화란이 천보장으로 찾아올 것이었다.

그렇게 섭장천과 작별한 사도무영은 마차를 한 대 구한 후 두 여인을 태웠다.

마부는 역시나 장막심이 맡았는데, 전보다 훨씬 안정된 실력으로 말을 다루었다.

"하하하, 이 동네 말들은 정말 영리하군."

그는 죽어도, 당시에 자신의 실력이 모자라서 말이 말을 듣지 않았다는 걸 인정하지 않았다.

5.

안경을 출발한 지 닷새 후.

천보장에 도착한 사도무영 일행은 두근거리는 마음을 안고 안으로 들어갔다.
저만치 지나가던 사도교교가 그들을 발견하고 달려왔다.
"오빠? 오빠지!"
"교교야, 그럼 내가 오빠지, 남이냐?"
"왜 그렇게 얼굴이 늙어 보여?"
'말투하고는, 하여간 몇 년이 지났어도 여전하군.'
그런데 이상했다. 왜 저런 울상이지?
'혹시……?'
사도무영이 불안한 마음에 다급히 물었다.
"그동안에 아버지하고 어머니 사이에 무슨 일 있었냐?"
사도교교가 울먹일 것 같은 표정으로 말했다.
"그게……. 오빠, 아버지는 그대론데, 엄마가 이상해졌어."
"어머니가 이상해져? 어떤 것이?"
사도교교는 그간의 일을 쫘아악 다 말했다.
그 말을 다 듣긴 들었는데, 사도무영도 이해할 수가 없었다. 표정을 보니 동생이 거짓말을 하는 것 같지는 않았다.
"어떻게 된 거지?"
그는, 같은 여자이니 혹시 알지 않을까 하는 마음에 조화설에게 물어보았다.
"누이, 혹시 짐작 가는 거 없어요?"
조화설은 발그레한 얼굴로 웃기만 하고, 적소연이 싱글거리며 말했다.
"아버님이 능력이 좋으신가 봐요."
"무슨 능력?"
"에이, 그거 있잖아요. 부부가……."
 적소연은 직설적으로 말을 하려다가 끝을 흐렸다. 조화설이 옷자락을 잡아 당겨 말을 끊은 것이다.
 사도무영은 영문도 모르고 대답을 재촉했다.
"말해봐, 어떤 능력을 말하는 거야?"
"일단 어머니를 만나봐."
 조화설이 슬며시 대답을 돌렸다.
 사도무영은 조화설의 말에 고개를 끄덕였다.
 하긴 만나보면 알겠지.
 그때 사도교교가 눈을 크게 뜨고 사도무영의 옆구리를 쿡 찔렀다.
"오, 오빠, 저 남자 누구야?"
 사도무영은 사도교교의 눈길을 따라 뒤를 바라보았다.
 사도교교의 두 눈은 양류한에게서 떨어질 줄을 몰랐다.
'오호라…….'
 눈빛을 반짝인 그는 사도교교에게 양류한을 소개시켜 주었다.
"인사해라. 사천 낙산장의 소장주인 양류한, 양 형이시다."
 사도교교는 얼굴을 붉히며, 두 손을 다소곳이 모으고, 사근사근한 목소리로 인사했다.

"안녕하세요, 소녀는 오빠의 동생인 사도교교라고 해요."
"양류한이오."
전검방의 진연운을 볼 때는 얼굴이 상기되었던 양류한이 사도교교를 보고는 무덤덤하니 대답했다.
한데 그 모습이 더 멋있게 보였는지, 눈을 깜박거리며 고개를 숙이는 사도교교의 몸이 옆으로 꼬아졌다.
사도무영은 그 모습을 보고 온몸이 근질거렸다.
'교교야, 내 눈에는 네가 더 이상하다. 속이 다 울렁거려.'

이영영은 사도무영과 조화설과 적소연을 웃으며 반겼다. 생전 처음 보는 환한 표정, 맑은 웃음이었다.
"호호호호, 왔느냐?"
확실히 전과 조금 달라진 듯 보였다.
"예, 어머니. 그런데 무슨 일 있었어요?"
"무슨 일? 아니."
그런데 왜 사납기만 하던 어머니가 이렇게 부드러워졌어요?
사도무영은 목구멍에 걸린 그 말을 내뱉지 않고, 품속에서 주머니 하나를 꺼냈다.
"없으면 다행이고요. 그리고 이거……, 화설 누이가 어머니께 드리는 선물입니다."
그보다는 조화설을 잘 봐달라는 '뇌물'이라는 말이 더 정확

했다.
 이영영은 사도무영이 내미는 주머니를 받아 열어 보았다.
 순간 그녀의 두 눈이 휘둥그레졌다. 주머니 안에는 형형색색의 보주가 다섯 개나 들어 있었던 것이다.
 이영영은 보주만큼이나 황홀하게 반짝거리는 눈으로 조화설과 적소연을 바라보았다.
 "이 귀한 걸……! 호호호호, 정말 고마워요. 어머, 여기서 이럴 게 아니지. 자, 어서 안으로 들어가자, 무영아. 아가씨들도 들어가요."
 조화설과 적소연이 다소곳이 고개를 숙였다.
 "예, 어머니."
 "어머니, 정말 아름다우세요."
 "그래? 오호호호, 고마워요. 여보오오오, 뭐해요? 어서 동생하고 나와 보세요. 무영이가 예쁜 아이들하고 함께 왔어요! 여보오오오오!"
 이영영은 간드러지는 목소리로 사도관을 부르며 앞장서서 안으로 들어갔다. 날듯이 사뿐거리는 걸음걸이로.
 사도무영은 그제야 사도교교의 마음을 이해할 수 있었다.
 아버지를 부르는 어머니의 목소리에 속이 갑자기 울렁거렸다.
 사도교교는 반밖에 말해주지 않았다.
 어머니는 조금이 아니라, 아주 많이 달라져 있었다.
 왜? 왜!

6.

　노인은 자랑스러운 표정으로 이야기를 맺었다.
　"험, 그때부터 천외천룡과 신룡검협이 사는 천보장을 사람들은 쌍룡장이라고 부르기 시작했지."
　아이가 감동한 표정으로 눈을 반짝였다.
　그러다 이상하다는 듯 고개를 갸웃거리며 물었다.
　"할아버지, 그런데 할머니가 그때 왜 이상하게 변한 거예요?"
　노인이 움찔하며 말을 흐렸다.
　"응? 그, 그거? 그게 말이다……."
　요즘 어린 것들은 별걸 다 물었다.
　"작은어머니가 말하려던 게 어떤 거였어요?"
　"그, 그것은 말이지……. 험, 너도 어른이 되면 자연히 알게 되는 것이란다."
　"그럼 큰 형은 알아요?"
　아이의 형제는 모두 여섯이었다. 그리고 아이는 그 중 막내였는데, 큰형은 이제 열아홉이었다.
　노인은 그 여섯 손자 중 막내를 가장 좋아했다. 오직 막내만이 그와 아들처럼 제삼의 눈을 지니고 있는 것이다.
　하지만 아무리 막내 손자가 사랑스러워도 해줄 말이 있고, 못할 말이 있었다.

노인은 끝까지 어물어물 넘어갔다.
"그, 글쎄다. 험!"
"할아버지가 구해주었다는 그 여자가 봉황궁의 궁주님이에요?"
"어이구, 우리 똑똑한 손자."
"근데 봉황궁주님은 왜 아버지하고 함께 안 살고 봉황궁으로 가신 거예요?"
"악양으로 가던 중 칠사의 한 사람인 음혼신마를 만나서 봉변을 당할 뻔했는데, 그때 봉황궁의 궁주가 구해주었단다. 그래서 봉황궁주의 제자가 된 거지."
"일 년에 한 번씩 꼭 오시는 걸 보면 아버지를 무지 좋아하나 봐요."
그 녀석, 별걸 다 궁금해 하네?
"흐음, 뭐 그럴지도 모르지. 이제 질문 끝난 거냐? 끝났으면 그만 일어나자."
하지만 소년은 궁금한 것이 몇 가지 더 남아 있었다.
"할아버지, 근데요, 고모가 왜 양 아저씨가 아닌 고모부하고 혼인했어요?"
'그거야 내가 음모를 꾸며서 그렇게 만들었지. 흐흐흐흐.'
노인은 실실 웃기만 하고 대답하지 않았다.
사도교교의 귀에 들어가면 무슨 일이 벌어질지 몰랐다.
'교교, 고것은 나이가 들어서도 성깔이 여전하단 말이야.'

한데 그때였다.
"여보오오오!"
위에서 옥구슬 깨지는 목소리가 들렸다.
노인의 표정이 급변했다.
아이에게는 좋은 시절만 이야기해주었다. 그때만 해도 정말 그랬으니까.
하지만 몇 년 전부터 슬금슬금 예전으로 돌아가기 시작하더니, 지금은 상황이 많이 달라져 있었다.
그래도 옛날보다는 훨씬 나았다. 세게 때리지는 않으니까.
"여보오! 영감! 어디 있어요! 또 단풍탑 지하에 있어요?"
목소리가 조금 날카로워진다.
'제길, 오늘 또 들들 볶겠군.'
그때였다. 아이가 쪼르르 구석으로 달려가더니 탁자를 밀었다. 탁자 뒤에서 시커먼 구멍이 하나 드러났다.
"할아버지, 우리 이리 들어가요. 안쪽은 상당히 넓어서 서 있을 수도 있어요."
아이가 눈을 반짝이며 말했다.
어떤 구멍인지 알고 있는 눈치다.
노인의 입가에 묘한 웃음이 걸렸다.
'크크크, 그럴까?'

〈終〉

Dark Blaze

다크 블레이즈

김현우 판타지 장편소설

FANTASYSTORY & ADVENTURE

『레드 데스티니』, 『골든 메이지』의 작가!
김현우 판타지 장편소설

십 년 전쟁의 승리에 파묻힌 충격적 비화.
제국이 아버지의 죽음을 감췄다!

알파드 공의 죽음과 엘리멘탈 프로젝트의 실체.
뒤틀린 진실을 알기 위해 아르미드 남매가 복수의 칼을 들었다!

dream books
드림북스